문학과지성 시인선 582

홈 스위트 홈

이소호 시집

문학과지성사

문학과지성 시인선 582

홈 스위트 홈

초판 1쇄 발행 2023년 4월 1일
초판 3쇄 발행 2023년 5월 15일

지은이 이소호
펴낸이 이광호
주간 이근혜
편집 허단 김필균 이주이 방원경 윤소진 유하은
마케팅 이가은 허황 맹정현
제작 강병석
펴낸곳 ㈜문학과지성사
등록번호 제1993-000098호
주소 04034 서울 마포구 잔다리로7길 18(서교동 377-20)
전화 02)338-7224
팩스 02)323-4180(편집) 02)338-7221(영업)
대표메일 moonji@moonji.com
저작권 문의 copyright@moonji.com
홈페이지 www.moonji.com

© 이소호, 2023. Printed in Seoul, Korea

ISBN 978-89-320-4134-6 03810

문학과지성 시인선 582

홈 스위트 홈

이소호

집에 돌아가지 않기로 했다.
그곳이 볕이 아닌
빛이 드는 곳이라고 해도.

2023년 봄
이소호

'집'에 있어도
'집'을 찾는 사람들을 위해

For those who are looking for
'home' even if there is 'house'

홈 스위트 홈

소호 문학 전집 시리즈 07[*]

저자: 이소호

LEE SOHO(A.D. 2014~?년경)

우리가 통상적으로 사용하는 '소호SOHO'는 후천적 본인이 지은 이름으로 원래 이름은 '이경진李京珍'(1988~2014년경)이다. 기원후 21세기 전반에 소호는 한국에서 시인이자 소설가, 에세이 작가로 알려졌다. 그녀의 우화(A.D. 2018~?년경)를 본격적으로 연구했던 독자들은 자신의 책에서 몇 편의 문구를 소개했는데, 이때 소호는 혼란과 고통에서 살아남지 않으면 안 되는 현실의 노예였고, 살아남기 위해 온 가족을 팔아 스스로 이름을 바꾸어 살았다고 전해졌다.

소호는 1988년경 한강 연안에 있는 여의도 성모병원에서 태어났다. 부유한 외가 사람이었던 어머니의 말씀을 침묵으로 따른 공로로 자유민 아닌 자유민이 되었고, 앞에서는 침묵을 지키는 동시에 종이 위 자신의 또 다른 자아인 '경진'과 진정한 자유를 논하며 어울렸다. 그리고 비혐오 외교사절이 되어 뭇사람의 책꽂이나 책상에 먼지를 뿌옇게 덮은 채 찾아갔다. 소호는 독자 A 씨의 책상에 가서 협상하면서 이 책에 나오는 '홈 스위트 홈'의 우화들을 전하다가 그들의 옆에 있던 독자 B를 격노하게 해, 낭떠러지에 던져져 죽임을 당했다.

한국어이지만 또 다른 한국어로 번역된 소호 우화들은 많이 각색되고 분칠되어 페미니즘 논란의 시대에 가부장제의 혐오를 대변하는 것처럼 소개되었지만, 원문이 전하는 분위기는 사뭇 다르다. 야만적이고 거칠며 잔인할 뿐만 아니라, 여성이 처절한 일상 속에서 버텨낸 단단한 고난을 다루고 있다. 죽음을 앞둔 독자 C가 마지막까지 소호 우화를 탐독했던 이유이기도 하다.

* 네이버 지식백과 변용.

홈 스위트 홈

차례

시인의 말

플라스틱 하우스

조심해요 엄마
하얀 선에서 떨어지면 죽어요
닳은 무릎으로 4층을 바라보며 말했다

이런 집이라도 있는 게 어디야

한쪽 다리가 끊긴 개미는 기어 집으로 돌아왔다

엄마는 배를 깔고 누워 잘린 천을 모아
꽃잎을 만들며 말했다

여름에는 쥐가 없어서 좋아

우리는 가만히 누워
티브이 속 다른 가족의 웃음소리에 귀 기울였다

행복은 멀리 있지 않았다

구성원

우리는 한꺼번에 목소리를 잃었다

하루 장이 열리면
그래프를 보고 우는 엄마

노동이 결실로 직결되던
성실의 시대가 끝났기 때문에 나는
긁지 않은 복권으로 겨우 살아남았다

할머니는 보행기에 기저귀를 차고
매번 물그릇을 엎고
아무 이름을 부르면
너 나 할 것 없이 재빨리 보태는
손

늙으면 죽어야지

죽음을 앞둔 노인에게는 더욱 다정하고
친절할 필요가 있다

할머니 저도 이제부터 늙는대요
서른다섯 살이면 성장 끝
죽음 시작이래요
엽산을 먹고 키토산을 비타민을 먹으랬어요

세 모녀는 하루의 절반을 누워 지낸다

눈을 감고 뜨는 시간이 다를 뿐

흰머리뿐인 삼대는
공평하게
나란히 하루씩 죽는다
죽는 날을 기다리는 우리는
온 방을 다 차지하고도
배가 고팠다

엄마,
너무 억울하게 생각하지 마

날 낳았으면 책임을 져야지
그게 비록 육십이 넘은 딸이라도

딸은 구순 엄마의 항아리에서 생활비를 몰래 꺼내다
썼다, 엄마의 주머니 속으로 푹 들어가 엄마는 야금야금
주린 배를 채웠다

애 미숙아 너 생활비 어디 갔는지 아니?

글쎄

오늘도 어제처럼 내일처럼
기억을 점점 잃어가는 엄마는 새벽에 눈 뜨고
머리카락을 다 잃은 엄마는 이른 저녁 눈 감고
딸은 잠들지 않는다

누군가에게는 혼잣말뿐인 하루가 갔다

그리고 누군가에겐

한 사람이 없는 하루가 갔다

살아 있는 송장과
사람 둘뿐인 하루의 끝은 언제나 질문으로
끝난다

소호야
엄마랑 할머니는 다 사정이 있어서 그런 거야
절대로 나쁘게 보거나, 따라 해서는 안 돼

당연하지 엄마
나는 아무것도 빼앗지 않을게 맹세할게

말하고

나는 엄마 지갑에 손을 쑥 넣어 엄마가 훔친 생활비를
다시 왕창
훔쳤다

훔친 돈은
마스크 안으로 덧바를 립스틱이 되어 돌아왔다

영문도 모르고 쫄쫄 굶게 된 모녀는
점점 숟가락을 들 힘을 잃고
점점 눈꺼풀 들어 올릴 힘도 없이 파르르
침대에서 바닥으로 내동댕이쳐진다

이제 사람은 하나
텅 빈 침대가 둘

이 집은 목소리 큰 자가 승리한다

어린 시절부터 보고 배운 대로,
엄마와 엄마의 엄마 말문을 막으려고
악다구니를 쓴다
제풀에 지칠 때까지

어휴 노인네

이렇게 힘을 쏙 빼놔야
그나마 조용히 오늘을 넘길 수 있다니까

엄마가 엄마에게 했던 일을
곁눈질로 배운 나는

그대로

거실과 안방에 각각 산송장 한 구씩을 눕혀놓고
선언한다

둥지의 왕은 뻐꾸기

뻐꾸기는 단독생활에 능한 동물이다

이 집에서는 결국
제일 먼저 눈을 뜨거나
제일 늦게 눈을 감는 자가
생존한다

듣지 못하는 할머니와 점점 들리지 않는 엄마와
한 귀로 듣고 한 귀로 흘리는 딸들의 우성 유전자 덕분에

적자는 생존했다

서울에
서울시 금천구에
서울시 금천구의 한구석 어느 아파트에
걸어서 경기도로 갈 수 있을 만큼의
이름만 서울
끝자락에
적자는 할머니가 아등바등 지켜온 둥지를
손쉽게 가졌다

단지 조금 늦게 태어났다는 이유로

광신도

문고리와 끈 사이
머리가 있다

잠시 무릎을 꿇고 기도한다

여기서 발만 쭉 펴면

나는 이 세계를 벗어날 수 있다

저는 이제 다른 세계로 떠날 준비가 됐어요

사랑은 무조건 희생인데

사랑은 늘 의심받는다

나는 목사님께 묻는다

목사님 저예요
궁금한 게 있어요

스스로 목 졸라 죽은 친구들은 모두
지옥에 갔을까요?

걔는 정말 하나님을 끝까지 믿었는데

시련이 어떻게 간증이 될 수 있지요

간증은 절박하게

설교는 침착하게

찬송은 늘 즐겁게

반주자만 아는 돌림노래의 끝은
언제나 악보보다 늦게 끝난다

나는 수화기 너머의 리듬에 박수를 얹어 치며
숨표마다 죽을 생각만 했다

저는 살아서는 사랑하지 못할 것 같아요

천국에 가면 사랑받을 수 있을까요?

거긴 하나님의 나라니까

비밀을 털어놓았다

목사님은 내 목소리를 꼭 붙잡고
아직 믿음이 부족하다고 했다

저는 부족해서

믿음도 기적을 보여주셔야 가능해요

목사님 죄송하지만 제게는 기적이 필요해요

알 수 없는 정적이

방과 회당 사이로 파고들었다

자매님 이대로 가면 아마 죄받을 거예요

많은 사람들의 마음을 아프게 할 거잖아요

긴 침묵 끝에 얻은 말은

자매님 잊지 마세요
사랑합니다

라는 목사님의 사려 깊은 거짓말이었다

나는 기다렸다

목에 끈을 걸고
무릎을 꿇고
깍짓손을 하고
신의 확실한 환청을

사랑한다는 말을 기다리는 밤

사이

창밖에는 눈이 왔고

남은 해가 죽어가고 있었다

나 홀로 아파트

서울에서 아파트 살기는
죽기보다 어렵다

외국인학교 맞은편
깊은 산속에 지어진다던 그 집은
공기가 좋아 왠지
서울 같지도 않다

따님이 곧 결혼을 하려나 봐요

그럼요
나중에 우리 손주도 여기서 살 거예요

가난한 거짓말은
얇고 가볍고 허약해서
들킬 수밖에 없다

결정적 순간에 도망쳐야 하기 때문이다

엄마는 벌떡 일어나 모델하우스에 널려 있는
에비앙 물을 가방에 챙겼다

엄마 이거 우리가 마셔도 되는 물이야?
이거 엄청 비싼 물이야

정말?
그럼 두 개씩 더 챙기자

그해 가을은
가방이 터질 때까지
모델하우스를 돌았다

내 집처럼 꾸며놓은 남의 집들을 훔쳤다

짝사랑을 하면 이렇게 다 미치광이가 되나 봐

여우는 포도를 바라보며 발버둥 친다

실 거야 분명히

카탈로그에 목이 끼어 오가지도 못하는 엄마는

옥상을 테라스로 쓰는 위대한 집에 스스로

갇혔다

소호야

나는 말이야
고층에 서면 위태로울 줄 알았어
그런데 그게 아니네
이렇게 높이 있으면
사람들이 다 작아 보여
멀리 떨어진 사람들이 밤새 일하는 것을
풍경의 일부로 삼으며
살겠구나

이런 사람들은

지금껏 이런 눈으로 바라봤겠지

전부 정직한 사람들인데

엄마는 중얼거린다

처음이 같다고 끝이 같은 것은

아니라는 그 사실을

삼십 년 전에만 알았더라면

정말 우리

좋았을 텐데

우리 집인 동시에 집이 아닌 것

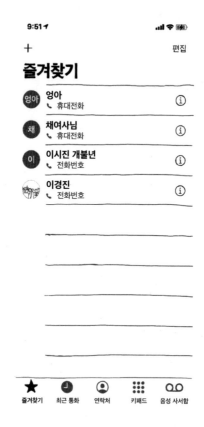

* 2017년 이시진 호주 이주, 2021년 이용성 인천 이주, 2021년 채미숙은 이소호의 외할머니와 더부살이 중으로, 우리 가족은 뿔뿔이 흩어져 살고 있다. 높아진 서울 집값 때문에 소프트웨어로서의 가족만 남아 현재 하드웨어를 구축하는 중으로 알려져 있다.

밑바닥에서

홈 스위트 홈

가정주부로 살아온 자는
죽을 때도 주부로 죽는다

집안일에는 은퇴가 없으니까

내 꿈은 가정주부
사계절 일용직
시인은 비정규직이에요
저는 집이 없어요
재산도 없어요

저는 남편을 찾으러 여기 나왔어요

지금 가족은 너무 낡았어요

그러니까 내 꿈은
은퇴 없이 살고 싶어요

말을 더 덧붙여야 할까요?

엄마는 주부, 아버지는 교편을 잡고
동생은 호주에서 커피를 내려요

라고 결혼 정보 회사에 솔직하게 썼다

몇 번째인지 모를 그 남자는 내가 화장실에 간 사이 이
름을 검색했고

도망쳤다

무슨 문장이 그를 달아나게 했을까?

나는

오늘의 진귀한 불행을 잊을까
타자기 앞에 손을 올린다 나를
물끄러미 바라보던 아빠는 소리쳤다
딸년은 고고하게 앉아 글이나 쓰고 있는데

내가 저 돈을 다 대야 한단 말이야?

당신도 희망을 버려

아빠는 늘 그랬던 것처럼 내 얼굴 앞에서 거칠게 거수
했고, 모서리를 향해 발길질하겠다고, 겁을 줬다 단지 겁
을 줬을 뿐인데 내 펜은 부러졌고, 혀로
휘둘렸다

그날

나는 방 안에 꼼짝 않고 밤새 노안은 절대로 살필 수
없을 만한 크기의 글씨로 빈 바닥을 조용히 채웠다

살려주세요

홈 앳 홈

자, 소호야 너도 이제 다 컸으니 우리의 권한을 나누
어 줄게 네가 정해 세게 한 대 맞을래? 약하게 열 대 맞을
래?

자, 말해봐 선택은 네 몫이야

손 없는 날

이사 날은 일주일이나 남았는데
우리는 밥솥을 두고 왔다

엄마 밥솥만 혼자 이사 가는 이유는 뭐예요?

손 없는 날은 이삿짐센터 값이 배로 뛰어

우리 집은 어째서 미신과 행운, 요행이
우선일까

우리는 남쪽으로 머리를 두고
침대 발치에 거울을 두지 않는다
집 안에서 우산을 펴지 않고 금을
밟지 않는다

나는 아버지와 텔레비전 사이 놓인 아버지
다리를 넘었다
개념 없는 년이라고
어른은 넘나드는 게 아니라고

화를 냈다

텔레비전 속에는 죽음이 즐비하고
희망은 날씨뿐이다

아나운서는 코로나 이후
가정 폭력 지수가 늘었다고 말했다

잠시
지옥이 있었다

엄마는 도마 위에서 푸르게 멍든 생선의 눈알을
판다
까맣게 변해버린 생선의 대가리를 자르고
살만 발라 아버지 숟가락 위에 얹었다

엄마 엄마는 왜 드시지 않으세요?

아버지 먹고 그다음이 우리야

아버지는 살 한 조각을 한입에 쑥
넣었다

사이 우리는

살이 모두 사라진 생선의
뼈를 계속해서
헤집어놓았다

생선은 뒤집는 게 아니야
있는 그 자리에서 먹어야지

복 나가

여기서 더 불행해져도 괜찮아?

나는 먼저 이사 가버린 밥솥을 생각했다

이 집을 가장 먼저 탈출한 밥솥을

아버지가방으로들어오신다

가장의 어른
가장의 무게
가정의 가장 중요한 가장

아버지가 방으로 들어오신다

아빠는 잠자리가 예민한 사람이란다
단 한 마리도 거슬리게 해서는 안 돼
그걸 죽이기 전까지는
한숨도 주무시지 못하시거든

같은 집인데 잠들지 못하는 이유는 뭘까
침대 위 삐뚤어진 이불 때문일까
아니면
토라진 엄마의 등 때문일까

아버지가 없는 방 안에는
중국 드라마 소리가 가득하다

말도 통하지 않는 사람에게 빠져든 이유는 뭘까

좋아하지도 않으면서

부대끼는 살마저도 이제 없는 아버지는
가끔
온다
와서 먹고
간다

                                        내일은 일찍 콜이 있어
                                        빨리 들어가봐야 해

나는

어둠 속에서
엄마의 발이 내 어깨에 닿는 것을 느낀다

엄마의 발은 파르르 떨리고

있었다

있잖아 엄마
미워하지도
좋아하지도 않는 감정이
제일 무서운 거랬어
그래서 말인데

외롭지 않아?

뭐가?

그냥

빼앗긴 방에는
아버지가 쓰다 만 시가 펼쳐져
있다

읽을 수 있는 사람은 오직 나뿐이었다

특선 다큐멘터리

나는 전기장판 위에서 낮잠만 자는 수사자 한 마리를
혐오했다 그깟 수염 좀 많은 게 뭐 대수라고 매 끼니마다
소 돼지를 해다 먹였다 버는 것 없이 쓸 줄만 알았던 남
편은 부른 배를 부여잡고 텔레비전을 보았다 생로병사의
비밀의 볼륨을 높여가며, 오래오래 사는 법을 강구했다
여보 내일은 가젤 대신 뱀을 잡는 게 좋겠어 그게 그렇
게 정력에 좋다더구면 밤일도 사냥도 못하는 남편 지 혼
자 평화로웠다 한편 오늘도 골방의 토끼 새끼들은 클로
버만 주워 먹으며 배고픔에 허덕였다 사계절 내내 양푼
에 클로버를 비벼 먹다가 빨개진 눈을 비비며 물었다 엄
마 우리에게 행운은 언제 오나요 아버지가 좋은 이파리
만 골라 먹어버렸단다 토끼 새끼들은 눈이 더욱더 빨개
졌다 풀독에 오른 자식새끼들은 점점 매가리 없이 픽픽
쓰러졌다 얘들아 여긴 약육강식의 세계란다 약한 사람은
당해도 싼 곳이야 그러니 늘 몸집을 부풀려야 한단다 잊
지 마 얘들아 집에서도 누군가가 늘 너희를 노리고 있다
는 것을. 아빠가 저래 보여도 이 동네의 왕이란다 암사자
만 몇 명을 거느리고 있는 줄 아니? 그러니까 오랜만에
집에 들어오시면 꼭 공손하게 인사하고 천천히 들어가렴

빨리 움직이면 괜히 우리가 지레 겁먹고 도망치는 줄 알고 우리를 잡으려 들 거란다 그 뒤는 말 안 해도 알지? 엄마 하지만 엄마 말은 거짓말이에요 아빠는 이래도 저래도 호시탐탐 우리를 잡아먹으려 드는걸요 매번 입맛을 쩝쩝 다시며 앞발을 세워 이리 굴려 저리 굴려보시는걸요 아시잖아요 엄마. 엄마도 아시잖아요 도망 말고는 살 방법이 없다는 걸요 얘들아 조금만 기다려보렴 아빠가 제일 먼저 태어났으니 그래도 먼저 죽지 않겠니? 우리 죽은 듯이 기다려보자꾸나 원래 죽은 것은 건들지 않는 법이란다 하루가 갔다 또 하루가 갔다 하루를 이어 붙인 하루는 또 갔다 엄마 엄마 보세요 역시 가는 데는 순서가 없나 봐요 틀렸어요 우린 다 틀렸어요 목덜미를 이미 들켰는걸요 토끼 새끼들은 일제히 모두 눈을 감았다 그날 이후 우리는 알아서 가장 좋은 부위를 모아 모두 남편에게 주었다 여보, 여보 일어나봐요 그래도 우리 어떻게든 살아야 하잖아요 돌아누운 등 아래 남편은 손가락만 까딱일 뿐, 아랫도리는 여전히 꼼짝도 안 했다 부녀회에서도 발톱을 세워 바가지 긁는 법을 이번 주 안건으로 내세웠다 그래 초식동물에게도 발톱은 있다 발톱은 날카롭다

발톱은 은밀하다 발톱은 날카롭고 은밀하고 더럽다 그러
니까 발톱은 여러모로 쓸모가 많았다 가젤의 속을 파던
그 손으로 바지 속을 박박 긁었다 벅벅 소리가 날 때마다
자지러지게 헐떡헐떡 숨조차 몰아쉬는 법밖에는 몰랐던,
전기장판 속 남편은 아프리카에서 말했다 야 이 무식한
여편네야 텔레비전에서 못 봤어? 남들 다 하는 그깟 살
림 좀 한다고 나대지 마 수사자는 사냥 따위는 하지 않는
거야 알지도 못하면서

다정한 이웃과 층간-소음 사이에 순장된 목소리

넌 모르지 밤새 그 천장에 내가, 내 천장엔 쥐, 새끼 달린다 구멍은 컸다 며칠 전 손톱을 쏠아 번식했다 가난하니까 가을이면 쥐도 애도 주렁주렁 낳았다 나는 이빨을 누런 장판에 꽂아두고 입을 꾹 다물었다 반짝반짝, 대가리로 하염없이 별이 쏟아지는. 이제 거기가 밤이었다 마침내 나는 주린 배를 부여잡고 구멍을 먹고 말았다 찍찍 갇혔다 모서리에 딱 붙어 오도 가도 못하고 찍-찍 울었다 짖다가 찢다가 찍찍이에 누워 생각했다 곤죽이 된 채 왼쪽으로만 보는 세상은 얼마나 슬픈가 바닥에 눌어붙어 자란 천장은 높고도 깊었다 남편은 나를 주워다가 도망가지 못하도록 곱게 접어 찍찍이에 눕혔다 영원히 침대 밑에 쑤셔

박았다

> 한번 어둠 속으로 숨어들면
> 찾아낼 수 없는 게 쥐새끼의 본능이지
> 근데,
> 나는 달라
> 나는 지구 끝까지 쫓아가서라도 널

찾아내고 말거야

남편은 말했다

말대로
나는 절대로
절대로 아무에게도 들키지 않았다 다음 날도 그다음
날도 나는 거칠게 숨을 몰아쉬는 숨소리만 들릴 뿐 아무
도 나를 찾지
않았다

오직 남편만 빼고

나를 무시하면
가만있지 않겠다고 그랬지?
이건 당신이 자초한 일이야
네가 애 낳는 거 말고
할 줄 아는 게 뭐가 있어 지금처럼
입 다물고 여기 얌전히

누워,
　　누워서 가만히
　　　가만히 있으란 말이야

　날을 거듭할수록 나는 옴짝달싹 못 한 채로 남편보다
더 성숙한 어른이 되었다 더는 먹지도 않고도 더 일찍 나
이를 먹었다 진득하게 붙은 눈동자에 눈물까지 뚝뚝 붙
은 채로 나는, 나는 기도 말고는 아무것도 할 수 없었다
아가리를 벌린 멸치와 누워 나란히 말라 비틀어질 때까
지 발에 쥐 난 채 외쳤다 야옹야옹 코에 침 바르고 야옹
야옹 울며 조금씩 골로 갔다 이제 죽음은 관광이 되었다
1302호 구경꾼이 외쳤다 여러분, 그거 아세요? 저게 우
리 아파트에 남은 단 한 마리의 쥐였어요 얼마나 영리한
지 몰라요 들키지 않고 얼마나 오래 함께 살았을지 아무
도 모른다고요 생각만 해도 소름 끼치지 않아요? 번식이
라는 게 그게 별게 아니에요 여러 구멍을 오가면 그게 바
로 번식이에요 수컷도 새끼도 아닌 암컷이 잡혀서 얼마
나 다행인 줄 몰라요 암컷은 늘 잠재적 가임기잖아요 붙
어먹으면 무조건 낳을 거예요 수컷만 만나면 붙어먹는

짐승이잖아요 더 많은 쥐를 낳을 거예요 우리는 그걸 막
았어요 끅끄그그─끄─ㄱ끅그극긁 이를 갈며 우리의
밤을 해치는 목소리를. 우당탕탕쿵탕 새끼 쥐들이 뛰어
다니는 그 소리를, 그러니까 끄르그를그그그륵─끄 이
소리를 이제 듣지 않아도 된다는 건가요? 아랫집이 묻자
옆집이 환호했다 그 집은 맨날 싸우기만 하는 것 같아요
난 좀 피해만 끼치지 않으면 좋겠다고 생각해요 교양이
라고는 찾아볼 수 없는 존재들이라니까요 정말. 나는 누
워 생각했다 강 건너 불구경하던 가족을. 또 다른 구멍을
찾아내 등을 올라타고 살아갈 가족을 생각했다 그리고
주름이 주름을 더해가는 동안, 아무도 신경 쓰지 않을 내
일을, 생각했다 차라리 차라리 곳곳을 물리면 빨리 죽을
수 있겠다는 생각을 생각했다 아마 다시 구멍을 키우면
목숨만은 지킬 수 있겠다는 생각을 생각하며 생각했다

　나는
　우리 집 바닥이자 너희 집 천장이자 우리 집의 벽이라
던 옆집의 벽이라는 벽 아무 데나 대고 빌었다 이불 속
트랩 부비부비 트랩 꼬리부터 잘리리라 하수구 천장 마

침내 문지방 밟고

외치리라

ㄱㅜㅎㅐㅈㅜㅓㅇㅛㅈㅔㅂㅏㄹ

아 씨발 존나 질기네
이제 이만했으면 빨리
제발 좀

뒈져

그렇게

교양 없는 삶은 계속되었다

더 큰 목소리로

끅그그—ㅠ그가그스그그그구퓨러가—가가구 끄꿍

거ㄱ뀨구가그그그구ㅁㄴ아ㅜㄹ아ㅜㄹㅁ

이 말이 나의 유일한 말이 된

지금

남편은 애들의 뒤꿈치에 애들은 다시 내 뒤꿈치에 올
라탄 채로
여전히

내 대가리를 짓누르며

우당탕탕쿵탕

날뛰고

남편은 이웃과 남편의 말을 한다

떵동떵동

저기요 조용히 좀 해주세요
도대체 몇번째예요?

정말 죄송합니다
다시는
다시는 그런 일 없도록
제가 아주 따끔하게 혼내겠습니다

미니멀리스트

집
퍽
픽
팩

어느 고독한 게이트볼 선수의 일대기*

　안녕 나는 전국, 노래자랑을 좋아해 어린 시절 배웠던 노래를 따라 부르는 것은 나의 주특기야 노랫말에 일본어 가사를 붙이다 친구들에게 전화를 걸어 살았어 죽었어? 안부를 종종 물어 받으면 살고 받지 않으면 죽었다는 것을 난 알아 요즘은 색다른 일이 없어서 늘 뉴스를 봐 뉴스는 시시각각 사건 사고가 다양하니까 세상은 무너지고 세상은 전염병으로 말이 많더라 '뉴스에서 그러던데', 이 말을 붙일 수밖에 없어 노인에게 뉴스는 세상이니까 근데 살아보니 알겠더라 어차피 세상은 독립을 해도 전쟁이 나도 똑같아 무너지고 일어서는 게 다 똑같다고. 그래 전쟁도 이겨낸 나인데, 전염병 따위가 무슨 소용이겠어 나에게는 삶이란 하루하루가 붙어 있는 날들의 연속일 뿐인데 그래서 너무 지루해서 이불을 폭 덮고 가끔 베란다로 나가서 어린아이들이 그네 타는 것을 본단다 아이들은 하늘을 향해 높이 날아오르면 나와 조금은 가까워지지 가족보다 더 가까이 내 곁으로 다가오지 어두운 밤 모두가 각자의 방 안으로 들어가 소등을 하더라도 거실의 불은 꺼지지 않아 나는 물끄러미 소파에 앉아서 사람들이, 그러니까 가족이라고 불리는 것들이 지나다니는 것을 볼 뿐이야 나는 아직 라면도 혼자 끓여 먹을 줄 알아 걷기 힘들 뿐이지 아직 요리도 할 줄 알아 그래도 미숙이가 있으니까 오늘은 미숙아 도토리묵 해줘 해서 도토리묵 먹었고 내일은 청포묵을 먹자고 말할 거야 이 집은 내 집이니까 미숙이는 내 딸이라 내가 좋아하는 음식을 잘 알아 사실 나는 먹는 것 말고는 좋아하는 것을 다 잊었어 잊었지만 내가 여자라는 사실은 잊지 않았어 난 여자지 노인이 아니야 매일매일 알로에 크림을 덧바르지 오늘은 몇 년 만에 가장 예쁜 옷을 입고 밖에 나갔다 왔어 보행 워커가 없으면 단 한 발짝도 움직일 수 없지만 걸음걸음 나가 게이트볼장에서 친구들과 치킨도 먹었어 몇 년 만의 봄이었어 코로나 따위가 뭔데. 난 당뇨 50년 차인데도 굳건하잖아 그래서 괜찮아 뉴스에서 그랬어 코로나 생각보다 별것 아니라고 난 오늘 죽어도 괜찮아 그뿐이야 나는 나갈 거야 그걸로 된 거야 오늘 날씨는 너무 아름다워 지금 밖으로 나간다면 꼬마들이 옹기종기 모여 노는 것을 조금 더 가까이 두고, 내가 좋아하는 사람들도 만날 수 있지 덕분에, 나는 내가 제일 좋아하는 보라색 옷을 입었지 보라색 옷에 썩 어울리는

회색 모자도 썼지 돈도 조금 챙겼지 깔깔 콜록 웃었지
콜록 인슐린 주사를 맞지 않아도 콜록 될 정도로만 콜록
먹고 마시고 놀다 왔지. 콜록 그런데 자꾸 기침이 콜록
멈추질 않아 콜록 콜록콜록 안녕 이제야 인사를 건네 나
는 이순정이야 34년생 올해로 게이트볼 운동장의 모래
한 줌이 된

* 2022년, 1934년생의 할머니는 단 한 번의 외출로 코로나에 걸리셨
다. 더불어 함께 거주하던 우리 모녀 역시 줄줄이 코로나에 걸렸다.
할머니는 코로나에 걸린 지 이틀 만에 돌아가셨으므로 살아 있는 모
습을 마지막으로 본 것도, 마지막을 함께할 수 없는 것도 우리였다.
우리 모녀에게 마지막으로 남긴 할머니의 유언은 이것이었다. "못
된 것들." 그러나 할머니에게 코로나를 안겨준 외출은 필히 행복했
다. 나는 외출을 다녀온 할머니의 표정을 잊을 수가 없다. 몇 년 만
의 미소였다. 죽음을 감수할 만큼의 행복은 무엇일까? 우리는 그렇
게 억지로 이 상황을 받아들이고 있다. 원망의 말은 다 잊고, 웃음만
을 기억하기로. 그러므로 프리다 칼로의 말을 빌려 할머니의 죽음을
애도한다. "이 외출이 행복하기를 그리고 다시 돌아오지 않기를."

피난 난민

내가 평양에서 공장 다니던 시절에 공산당이 침공해서 전쟁이 났다는 거야 그길로 곧장 짐 대충 꾸려서 서울로 가는 마지막 기차를 탔어 나는 말이야 지금도 정말 끔찍해 그때 그 기차를 만약 놓쳤다면 나는……

근데 너 누구야?
누군데 내 이야기를 이리 듣고 있어?

자욱*에서 자국으로의 망명

기억을 잃은 난민

할머니는 여전히 피난 중이다

* '자국'의 비표준어, 북한어.

인기가 없는 집*

　우리는 달린다 좁은 골목길을 따라 내려가면 연탄 냄새가 골목 안에서 울렁인다 비좁은 이 골목에 영원한 대장은 없다 아이가 아이를 들쳐 업은 곳에서는 아이가 넘쳐난다 순정이는 다리 밑에서 주워 왔대요 옥자가 놀렸다 친구가 그어놓은 금마다 밟고 지나가는 순정이는 이미 죽은 지 오래지만, 구더기가 들끓는 똥둑간에서, 다시 무럭무럭 자라 작은 소반에 둘러앉는다 철 지난 달력을 붙여놓은 벽과 사계절 내내 누빈 이불만 있는 이 방에서 순정은 필라멘트가 탄 알전구 아래서 밥을 먹는다 엄마 저는 이번 보릿고개를 넘기지 못할 것 같아요 아무리 먹어도 배부르지 않은걸요 물 한 사발을 실컷 들이켠 순정은 동생들에게도 물을 먹인다 더는 마시지 못하겠다고 할 때까지 먹인다 줄줄이 딸린 동생들은 이불 귀퉁이를 저마다 움켜쥐고 쌈박질을 한다 지린 자국이 있어도 빨수 없는 이불을 서로 가지겠다고 주먹다짐을 한다 우리 중 누가 가장 사고 박사일까 엄마는 언제 우리를 키우기를 때려치울까 누가 우리 집을 털어갈까 순정은 동생을 들쳐 업고 생각한다 남한 사람들은 참 신기하다 어떤 날은 망치에게, 어떤 날은 호루라기에 의존해서 살아간다

순정이는 울퉁불퉁한 길을 걷는다 우는 동생을 어르고
달래며 사이사이로 끊임없이 걷고 걷는다 근처에는 검은
개 한 마리가 빈 밥그릇을 놓고 서 있다 컹컹 이웃집 남
자가 고함을 지른다 너 죽고 나 살자! 나 죽고 너 살자!

 구멍을 통해 빛이 새어 나왔다

 * 전지인, 「인기細氣가 없는 집Air House」, 2014, Single channel video
   (5분), ⟨말하지 않은 것들⟩展(2016. 9. 8~10. 9, 한미갤러리) 제목
   차용.

봇짐

그녀는 시장 한복판에서 양말을 팔았다 희고 쫀쫀한 양말은 모두의 발에 딱 맞았다 그녀는 새벽 5시 30분이면 김밥을 먹고 해변도 없는 장터의 파라솔 아래서 커피를 한 잔 마셨다 철썩철썩 태평양이 근처에 널려 있는 것 같았다 그녀는 바다를 둥둥 건너다닐 수 있을 정도로 커다란 봇짐을 가슴에 품고 노상 아무 데나 걸터앉았다 아무 데나 앉아 아무에게나 말을 건다 양말 필요하지 않아요? 아무도 대답하지 않는다 양말 필요하지 않으냐는 말을 지나가는 사람들 모두에게 했다 아무도 답하지 않았다 점심에는 동무들과 모여 앉아 아무 말이나 한다 남편은 뭐 하고 어쩌다가 양말 장수가 됐어? 제가 좋아해서요 뭐를? 장사를? 양말을? 둘 다요 양말 장수는 신발 장수와 친하다 남편 복이 지지리도 없구먼 아녀자가 좋아서 일을 하는 사람이 어디 있어 신발 장수의 말에 그녀는 구멍 난 양말이 된다 입을 기워 꽁꽁 싸맨다 더는 벗겨질 일이 없도록 목이 돌아가는 일이 없도록 그녀는 말을 조심한다 그녀는 오늘 다섯 켤레의 양말을 팔았다 남편에게 편지를 부칠 시간이다 그녀는 집으로 달려가 동전 탑을 쌓아둔다 미국은 양말이 비싸다던데. 그녀는 다시 새

벽이 오기 전에 사랑을 연습한다 엄마를 잃은 아이처럼.
시장 한복판에서 그녀는 종일 물었다 어떻게 해야 그를
다시 볼 수 있을까 혹시 필요하지 않으세요? 내가 필요
하지 않으세요? 온종일 물었다 양말이? 양말 장수는 필
요하지 않으세요? 질문을 멈춘 그녀는 남편을 고이 접어
서 자신의 보따리에 싸맨다 그녀는 어째서 그의 곁을 떠
나지 못하는 걸까 이 문장을 닫지 않고 이 문장을 쓰는
그녀는 결말을 알고 있다 그녀는 이 문장을 읽을 때마다
헤어진 햇수를 세는 버릇이 있다 편지지에 한 땀 한 땀
또박또박 써 내려갔다 여보 나야 양말 다 떨어지지 않았
어? 그녀는 남편에게 물었다 남편 역시 아무 대답 하지
않았다

신문이 담지 못한 모든 가능성

시애틀 인근에서 발생한 총격 사건이 우리 시각으로 오늘 새벽 2시경 벌어졌습니다 범인은 현재 잡히지 않고 있습니다 나는 어제 범인을 만났습니다 근처에 아주 조그만 CVS에서 캐셔로 일하는 중이었는데 말이에요 그는 애너하임에서 사업을 했고, 몇 달 전에는 웨스트 애서튼에서 살인을 했다고 하더군요 그는 얼마가 필요하냐는 제 질문에 대답하지 않고 계속 총구를 들이밀었습니다 산탄총이었고 과거의 그는 사냥을 즐기는 것 같았습니다 맞으면 어떻게 될까 아픈 것보다 병원비가 더 걱정입니다 살아도 죽어도 걱정입니다 이 돈을 다 털리고 나면 나는 일자리를 잃을 겁니다 나는 우연히 범인을 만났을 뿐인데도 말이죠 그는 검은 보스턴백을 내밀고 중얼거렸습니다 내가 마음만 먹으면 너 정도 되는 동양인은 다 쓸어버릴 수 있어 나는 홀로 중얼거렸습니다 잊지 말자 미국은 이민자의 국가라고. 친구도 언제 어떻게 변할지 아무도, 아무도 모른다고

굿 모닝 아메리카

아메리칸드림은 이제 낭만이 아닌 것 같습니다 더 많은 사람들이 아프고 더 많은 사람이 죽습니다 저는 이제 그 환자와 보호자를 돕는 일을 그만둘 생각입니다 하얀색 바탕에 파란 줄무늬가 있는 옷을 입고 얼굴이 샛노란 환자와 나는 같은 병원에 입원해 있습니다 그는 며칠 내로 죽을 겁니다 의사가 소곤거리는 소리를 들었습니다 나는 매일 아침 같은 옷을 입고 병원에 들어갑니다 나는 옷을 갈아입지 않습니다 링거대를 들지 않습니다 침대를 오르내리지 않습니다 나는 보호자 없는 병원에 입원한 환자입니다 나는 바깥을 향해 걸어갑니다 나는 한때 라스베이거스의 리무진 드라이버였습니다 취미가 직업이 되는 것은 너무 슬픈 일이에요 곳곳에서 잭 팟이 터지고 불이 꺼지지 않는 곳에서 모두가 술김에 웨딩 마치를 올리는 이 도시는 왜 모두 미치지 않았을까요 아마추어의 일부로 존중되는 나의 삶은 아메리카이기 때문에 가능했던 것일까요? 나는 운전석에서 몰래 버터 잼이 가득 발린 식빵을 꾹꾹 눌러 먹으며 알래스카의 한적한 버스 정류장을 생각했습니다 아무도 오지 않았으면 좋겠다고 생각했던 적도 있습니다 그곳은 너무 붐비니까요 모두가 희망에 부풀어 있으니까요 그러나 알래스카는 달라요 킴도 수도 존도 외롭게 죽었습니다 그들은 모두 아메리카로 불법 이주한 노동자였습니다 자식들에게 물려줄 것이 몸밖에 없다던 그들은 열심히 일했지만 결국엔 몸 하나도 고국으로 돌아갈 수 없었습니다 알래스카의 서글픈 황무지를 일구다가 황무지에 산다는 이유로 그렇게 죽었습니다 나는 알래스카에서 환자와 환자의 보호자를 돌보는 일을 합니다 가끔 킴과 수와 존의 시체를 닦는 일을 했습니다 먹고살고 살아남기 위해 어느 쪽에서 사는 것이 더 나은지 모르겠습니다 알래스카나 라스베이거스나 모두 버려진 땅이었는데 나는 정말 모르겠습니다

새를 먹는 이누이트

이르쿠츠크 이누이트 사람들은 서로에 대해 어떻게 생각할까 오로라와 별들이 바스라지는 북극해와 가까운 거리에 뉘인 에스키모인의 모든 밤은 짧다 극지의 건물들은 모두 흰빛을 띄고, 거센 바람을 막느라 창문이 하나도 없는 건물이 다수였다 러시아어와 영어와 원주민어가 뒤섞인 곳에서 한국에서 온 채현묵은 얼마 전 이민 시험을 통과했다 그는 에스키모인처럼 털이 수북하고 눈이 쌓인 산을 등지고 살아간다 그의 식탁에는 죽은 새 한 마리를 올려놓았다 이민자는 법칙에 잘 따라야만 해 그는 눈을 네모나게 만들어 쌓아 집을 만드는 방법을 배웠다 구멍을 내는 방법을 배웠다 아내를 손님에게 바치는 방법도 개들에게 채찍질하는 법도 눈을 헤치고 발을 성큼성큼 디디는 방법도 배웠다 에스키모인들은 뭐든 아낌없이 주는 사람들이다 식사를 할 때 몇 안 되어 떼 지어 날아가는 새들 중 외톨이 새들만 골라 통째로 올린다 인간적으로 없어져도 될 새들만 골라 죽인 것이다 죽은 새는 더는 늙지 않는다 하늘을 날지 않으니까 이민자 채현묵은 그렇게 말했다 이 집은 창문 하나 없이 너무나도 하얘서 선글라스 없이는 한 치 앞도 볼 수 없지만, 괜찮다 손

끝의 감각으로만 새를 우적우적 씹어 먹었다 후후 입김
이 집 전체를 때린다 후후 개집도 때렸다 이 추위에 내몰
린 시베리아허스키를 보며 생각한다 고요한 눈 속을 비
집고 눈꺼풀을 파르르 떠는 소리조차 잠재우는 눈은 무
엇인가 생각한다 어떤 눈이었는지 생각한다 매일매일 밖
을 나설 때마다 새 구멍을 파야 하는 삶에 대해 생각한
다 책상 위에는 한국에서 온 편지가 있다 국제 편지 봉투
를 뜯자 바다가 쏟아져 나온다 편지 안에는 막내딸의 보
고 싶다는 글씨가 예의 바르게 적혀 있다 무주에서 가여
운 개와 새를 넣고 다니다 체포된 농부가 되었다고 써 있
었다 호미에 걸려 죽은 새싹들이 도리깨질에 질 나쁜 흙
을 뒤집어쓰고 죽었다고. 아침에는 흙들이 갑자기 싸라
기 눈처럼 보일 때가 있다고 써 있었다 고랑 사이로 햇살
이 삐죽 나와 이마를 짚어주었다고. 그러니 내가 죽인 모
든 동물과 농작물 들에 대한 비밀을 지켜달라고 적혀 있
었다 나는 후후 구멍 속에서 답장을 적었다 죽을 때까지
비밀은 없는 것이라고

툰드라

사랑하는 막내딸아 이곳에는 땅에 납작 엎드려 사는 풀로 가득 차 있단다 긴 겨울이 끝나고 푹 꺼진 축축한 길 없는 길로 서로의 집을 찾아가곤 하지 아버지는 항상 언제 꺼질지 모르는 빛 속에서 살고 있단다 지평선을 바라보고 있으면 내 손금만큼 길다는 생각이 든단다 나는 저렇게까지 길게 죽음과 가까이 닿은 적이 있나 싶어서. 하얀 노을이 붉은 태양을 삼키고, 빗속에서 한국을 그리곤 하지 젖은 흙 한 줌마다 한 글자만큼의 무게가 있고, 젖은 종이마다 저 멀리 심겨 있다던 한 그루의 나무가 생각나는 밤이다 딸아 이곳은 믿기 어렵지만 아침이 계속되는 밤이란다 빛이 계속되는 아침이란다 그래서 하루를 끊임없이 살아내야 하는 고된 밤이란다 잘 줄 모르는 동물들이 뜬눈으로 세상을 지켜 서는 밤이란다 세상 사람들이 말하는 빛은 어둠을 이긴다는 말은 거짓말이다 빛은 항상 어둠의 윗몸이다 툰드라에 빛이 이렇게 가득하다면 경계를 늦춰선 안 된다 알래스카에서는 말이다 언제 어둠이 닥칠지 모르는 지금이 가장 무서운 거란다

오프 화이트*

알래스카에는 눈이라는 단어가 백 개나 된다고 했다
스노우밖에 모르는 채현묵씨는 일생에 걸쳐 눈을 배운다
눈사람은 혼자이지 않은데 사람은 혼자인 곳에서 눈을
감고 생각했다 저 멀리 듬성듬성 자란 이웃의 안녕을, 소
맷부리에 스미는 그림자를. 하도 만져 색이 바랜 주머니
속의 일 센트를 생각하며 그는 눈사람에게 옷을 입혔다
입히면 죽을 것을 알면서, 장갑 속의 추위 속에서, 형태
가 망가진 사람이 이 세상을 망친다고 생각하며 그는 오
늘 아주 작은 눈사람을 죽였다

그에게는 여름이 필요했다

* 이 시는 극지방에는 '눈'을 표현하는 단어가 백 개가 넘는다는 오마
이뉴스 김나희 기자의 기사("이누이트어에는 정말 '눈'을 뜻하는 단
어가 백개나 될까?", 2022년 6월 9일자)에서 시작되었다. '떨어지는
눈'만 해도 두 가지 단어가 존재하는 알래스카에서 눈에 관련된 파
생 단어는 그보다 훨씬 많다고 한다. 예를 들어, '바다 얼음' 파생어
만 93개인 곳에서 좀더 섬세하게 나누어야 할 단어인 눈보라, 진눈
깨비, 눈꽃, 살얼음, 서리, 고드름, 상고대까지 합하면 이민자가 배워
야 할 '눈'은 스노우snow로는 어림도 없다.

그는 미국인 나는 한국인

나는 흰 국화를 꽂고 결혼했다 그는 가끔 전화를 걸어 안부를 묻는 나는 미숙의 엄마 같은 사람이다 여보 잘 있어? 여기는 아직 아침이야 굿 모닝과 잘 자라는 모순된 인사가 반복되는 전화는 도통 아름답지 않다 인생에서 가장 사랑했던 사람을 잃고, 대신에 다른 사람을 사랑하게 되는 일은 어떤 느낌일까 우리는 북에서 피난을 와서 서울 시내의 땅에 겁 없이 집을 짓던 것처럼 서로에게 거짓말하는 게 좋을 거야 전쟁통에 몸 누일 곳만 있으면 좋다고 큭큭댔던 지난밤들은 다 버진 로드를 밟고 사라진 거야 평화라는 건 말야 바나나 같은 거야 침묵만 지키면 실컷 먹을 수 있어 한국에 남겨진 우리는 남편이나 아버지를 잃었다는 사실은 까맣게 잊고 바나나를 까먹을 수 있음에 감사하며 살아가겠지 여전히 주례사 앞에서 했던 대답은 굳건하고. 검은 머리가 파뿌리 될 때까지 서로를 아끼고 사랑하겠다던 상투적인 약속을 한 대가로 오늘도 내 시간은 알래스카를 향해 있다 공공일 공일 수화기를 치켜 붙잡고 그는 묻는다 여보 잘 있는 거 맞지? 애들도 잘 있는 거 맞지? 미안해 올해는 한국에 못 돌아갈 것 같아 미국인 남편의 미국의 삶은 좋아 보인다 그렇다면

우리, 결혼은 왜 했던 걸까 독수공방 혈혈단신 아이 셋을
악다구니로 키워야 한다면 결혼은 왜 하는 걸까 나는 미
숙의 엄마, 그의 아내도 아닌 나는 왜 살아야 하는 걸까
내 부케의 머리를 뚝뚝 잘라 부토니에르에 한 아름 꽂고
시들어버린 그는. 이젠, 영영, 내 곁에 없는데

성장통

엄마는
우리들의
주둥이에 올가미를
씌우고 공주처럼
말하는 법을 가르쳤어요
네 아니요 네 아니요 네
아니요 웃어 웃어
목젖을 올리고 내리며 불안을
억지로 삼키는 우리에게

철봉에 거꾸로 매달려 과거로 돌아간다 웅덩이에서
지붕으로 비가 내리고 별들은 발밑에 쓰러져 있었다
뒤집어지고 반으로 접혀도 그대로라는 사실에 안도를
느꼈다 우리와 함께라면 평화롭고 다른 단어들은 이제
더는　　　기다리지　　　않아도　　　된다

학교, 종이, 땡

치마를 하늘 끝까지 올렸다

아이스케키

철봉을 핥으며

야, 장난인데 뭐 어때?

어서 교실로 돌아가렴

땡땡땡

울리는 종소리에 따라서

쟤가 너 좋아해서 그러는 거야

수돗가에서

닦은 눈에서는 물이 뚝뚝 쏟아지고

선생님 저 오늘은 체육 시간에 뛰지 못할 것 같아요

왜? 생리하니? 땡땡이치려는 건 아니고? 선생님이 휴
지 줄 테니까 증거를 가져와봐

남자애들은 브래지어 줄을 늘여 나를 흉내 낸다

고무줄에 발끝을 걸고

개나리 노란 꽃그늘 아래 가지런히 놓여 있는 나는

끊고 달아나는 네 그림자에 짓밟힌다

계집애 주제에 날 무시해? 잡히면 내가 너 가만 안 둬

얼음

나는 정글짐에 숨어 죽은 척하고

죽은 나를 대롱대롱 뒤흔들다 들킨 우리는

네가 나를 좋아해서

단지 그 이유로

나는 너와 오늘도 선생님께 손바닥을 맞았다

체육 시간도 수업 시간이야 누가 떠들고 장난치래?

남자애들은 원래 저런 거야

모르면 부끄러운 줄 알아야지

선생님은 나를 다그쳤다

이렇게 재미있는데 너는 왜 다 안 타려고 하니?

무서워요

머리는 하늘에 너무 가깝고

아무리 이를 악물어도 발이 땅에 닿지 않으니까요

네가 안 해봐서 그렇지 해보면 재미있어

생일이 빠른 친구들은 조금 더 자랐다는 이유로

하나 둘 셋 구령을 대신 외치고

내 등을 하늘로 높이높이 손바닥으로 쭉쭉 밀었다

　세상에 이것보다 무서운 게 얼마나 많은데 벌써 겁을
먹니

　이제 더한 것도 할 수 있겠다

다음 시간에는 선생님이랑 다른 것을 해보자

선생님은 나를 꼭 껴안았다

축축한 체육복 속 가지런한 어른이 자랐다

빙고는 내 이름

BINGO				
인터넷 쇼핑은 전부 내 몫이다	집 안에 있어도 과로사 할 것 같다	시스루는 엄두도 못 낸다	엄마 친구 딸과 자주 비교당한다	친구와의 약속에 늘 허락이 필요하다
의견은 자주 묵살된다	현관에서 가장 가까운 방을 쓴다	네가 동생의 거울이란 이야기를 종종 듣고 자랐다	효도는 해봤자 본전이다	택배 박스가 많이 오면 눈치를 준다
부모의 기분으로 그날 집안의 분위기가 결정된다	울어도 아무도 신경 쓰지 않는다	엄마가 없으면 내가 엄마다	살림을 도맡아 한다	각종 전자 기기 잔 고장이 나면 불린다
기가 세다는 말을 가족에게 들어봤다	잘되면 부모 덕 안되면 내 탓이다	생활력이 강하다는 이야기를 들었다	참으라는 말을 자주 듣는다	비혼은 집안의 큰 우환이다
부모의 하소연을 들어본 적 있다	가까운 이에게 추행을 당해본 적 있다	자아를 포기한 상태다	시키는 일만 해서는 안 된다	우울증은 강인한 정신력으로 극복해야 한다

주사위 놀이

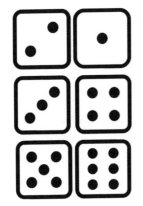

둘이고 싶었는데 여전히 하
나구나 우리는

마주 보기 위해 구멍을 하나
더 팠다

손가락이 하나 더 있었다면
열 밤만 자고 돌아온다는
그런 허무한 약속은 아무도
하지 않았을텐데

형상과 그림자 그리고 허상*

책을 펼친다

한쪽 눈을 감고
연필에 가만히 네 얼굴을 댄다

나는 종이의 거친 면에
흑심이 다 닳을 때까지
그었다

너와 함께 아주 오랫동안

이 종이가 밤이 될 때까지

* 안경진, 「형상과 그림자 그리고 허상」(2012) 제목 차용.

가름끈이 머물던 자리

지금 무슨 생각해
로 시작하기로 한다

흔적만 남은 책상에 앉아 우리는
틈을 가늠하는 너비를

가늠한다

아 벌써 지루해
네 글은 너무 뻔해서 읽고 싶지 않아

아직 한 줄도 읽지 않았잖아?

꼭 봐야 아니?
세상에 안 봐도 뻔한 게 얼마나 많은데

말 한마디에

한 사람이 죽었다

광화문이었고 커다란 문고였다

부고란에는 아무것도 적히지 않았다

이 동네에 신문사가 이렇게 많은데 어째서 이 죽음에
대해서만 묵인하는 거예요?

이런 죽음은 너무 흔해서 기삿거리도 안 돼요 들어보
니까 뭐 별것도 아니던데

십자가나 태극기를 든 사람들 사이에서 나는

모든 정치나 종교를 불신했던 나는

입에서 입으로 전해진

나는

수많은 책 사이에서 네 이름을 발견한다 만나는 사람
마다 그 책을 읽었냐고 들었다 자주 들었다 읽었어? 꼭 읽어봐. 등 떠밀리듯 펼친 페이지에는 내가 있다 이미 그 책에는 전부 나 같은 여자가 나온다는 이야기를 전해 들었다. 나 같은 여자는 사실 나라고, 여기저기에서 소문으로 떠돌아다닌다고 들었다 개가 너였어? 여기 있잖아 책을 펼치면 이 시 안에는 예술 감각이 뛰어나다고 자부하는 여자가 산다고, 들었다 그러나 전시회에 가서 작품 앞에서는 단 1초도 서 있지 않으면서 전시회 관람 리뷰를 쓴다던 여자가 나라고 들었다 네 작품 속에 나를 너무나 많이 닮은 그 여자는 분명하게 나라고, 들었다 사람들은 덥석 믿었고 감히 동정했다 너의 문장으로 너무나 쉽게 나라고 씌어진 소문난 그 여자의 집을 훔쳐보며, 쑥대밭에 콩가루 집안에서 나고 자란 나 같은 그 여자는 지긋지긋하게도 책을 덮을 때까지 작가에게 온몸을 의지한 채 매달려 있었다 그런데도 자기 연민에 푹 빠져 나오지 못하는 화자를 보고 작가는 말미에 '그녀'를 회상하며 삶에 의지가 없는 여자라, 언젠가는 죽을 것 같다고 무심하게 적어두었다

　나는 그 책 한 권에 적힌 그 여자가 나라는 소문을 아주 오랫동안 들었다

저자의 의도와 상관없이 내가 된 한 권의 책을 집어 든
나는

광화문 한가운데 횡단보도에 섰다

이 시집 진짜 재미있다
도대체 어디서부터 어디까지가 진짜일까?

클랙슨은 우리를 사이에 두고 울었고
같은 책을 든 독자는 걸어가며 웃었다

책은 모서리부터 툭
떨어진다

아시죠 손님 상처 난 책은 교환 불가예요
그러니까 책을 좀 깨끗하게 보시지
이 정도면 너무 지저분해서 중고 장터에 팔리지도 못
할 거예요

근데 이 책 정말 인기 있나 봐요
오늘도 몇 권이나 팔았는지 몰라요

무심한 서점원의 한마디에

나는 황급히 책을 펼친다

명백히
주인공이면서 '그녀'이면서 화자이면서 독자이면서 작
가의 옛 애인이었던 나는

커다란 문고 구석에서 가름끈처럼 서서

이 손에서 저 손으로 옮겨 다니고

있었다

* 손미, 『양파 공동체』(민음사, 2013)에 수록된 「소문」의 '들었다' 리
  듬 차용.

당신의 마음을 다 담기에는 하필 지금 이 종이가 너무 좁아서

@poetsoho

안녕하세요 작가님 저는 작가님의 시가 정말 좋아요 그런데 두 권째 보다 보니까 요즘 시 세계에 지금 가족이 나오는 것은 조금 자가 복제처럼 느껴져요 그래서 말인데, 웃긴 이야기지만 결혼을 하는 건 어떨까요? 그래서 현세대의 가부장제와 시댁의 처절함을 시로 써주셨으면 좋겠어요 작가님의 시집살이는 조금 남다를 것 같아요 당하고만은 계시지 않을 것 같아요 당하더라도 그걸 글로 쓰면 되니까 괜찮지 않을까요? 아무튼 작가님의 다음 행보도 기대합니다 꼭 결혼하세요 파이팅

도로와 비와 서로의 방

　반쯤 뜬 눈 사이로 검은 나뭇가지들이 무성히 보일 때
그 틈으로 물이 새고 달리고 있을 때 언제부터였을까 나
는 입김 가득 찬 유리창 위에 손가락으로 씌어진 이름

택시 마니아

나는 나에게 질식하여
발작한다

공황을 일으키는 일에
내 숨소리도 포함될 줄은 몰랐어

살아 있다는 증거이자
죽을지도 모른다는 증거는
숨으로부터 시작된다

호흡에 집중을 하세요 경건하게 자신의 숨소리에 집
중합니다 숨이 몸으로 구석구석 머리끝부터 발끝까지 전
해지는 것을 느껴봅니다

들었어요?
살아 있다는 증거예요

한 달에 오천 원이나 뜯어가는 이 어플은
슬픈 이야기만 나온다

호흡에 집중하면
내 삶은 얼마나 망가지게 될까

사람은 어렵고
생활은 불편하다

있잖아 그런 거 사람을 만나고 싶으면서도
혼자이고 싶은 그 마음

길거리의 평화 속에 남겨진 나의 목소리는

내부의 목소리에 점점 파고든다

오늘 밤은

더 더 더 듣 지 지 않 을 수 이 이 있 다

내 시를 시라고 부르지도 않는 사람들 사이에서 내 시

를 읽으며

나는 할 수 있다

그것이 무엇이든 쓰러지지만 말자고

나는 나에게 지키지도 못할 약속을 했다

심야 시간일수록 기사님의 신앙심은 굳다
오늘 탄 택시 기사님은
기독교방송을 들으며 간다

아가씨 신께 감사하는 마음을 가져요
우리가 살아 있는 게 얼마나 기적이에요
후진국에서 태어났으면 우리도 후져지는 거예요
하나님은 후진국에서 태어나지 않게만 해주신,
그것만으로도 제게 은인이에요

아가씨도 그러니까 종교를 믿어요

네

공허한 답과 유리창 너머 가로등 빛들이 쓰러져가는
것을 본다

밤에 저렇게 오래 서 있으면 안 될 텐데

나는 한강 다리 위에 서 있는 너를 걱정하며 집으로 간다

집은 멀고 집은 가깝고 집은 아득하고 집은 막막하다

집은 답이 없다

오늘은 얼마나 벌었니?

없어요

괜찮아 딸아 엄마가 고쳐줄게

이 주식만 대박 나면 모든 게 해결될 거야

우리 집이 다 빨갰으면 좋겠다

나는 빨간색 펜을 꺼내 내 이름을 죽 쓴다
이경진 이소리 이소호

누구부터 죽여야 행복할 수 있을까

펜은 나부터 죽였다

도시 건강 보감

자낙스

졸피뎀

애야 넌 더 이상 꿈꾸지 않을 거란다

미모사

상처는 사랑하는 사람이 준다

손을 대는 게 처음은 아니잖아
나는 알고 있어

참지 말고 말해봐
멍청하게 그렇게
구석에 처박혀 있지 말고

애인은 식물을 키우는 것을 좋아한다

입도 귀도 눈도 없이
물만 주면 알아서 잘하니까

돈도 별로 안 들어

이렇게 가끔 흙을 다 뒤집어놔야 해

그래야 안 죽지

숨 쉴 틈은 줘야지

나는 정말 좋은 사람이야

좋은 사람의 잎자루 위에 핀
열 개의 손가락

쌍떡잎에 한해살이

이렇게 맞다가는, 오빠
나는 올해를 넘기지도 못할 것 같아

온몸이 움츠러든다

고작 손가락 하나 때문에 나는

밤이면 시들고 낮이면 핀다
은밀하게 틔운 꽃은

붉고 받침도
없다

미모사는 신경증을 평생 앓다 죽는다

가만히 뒤도 알아서 접었다 펼 수 있는데

입이 없는 식물의 몸부림은

아무도 모른다

잎사귀의 끝부터 말라비틀어져

죽기 전까지

미모사도 모른다

자기가 잘 살아 있는지

엄마 그거 알아요?
오빠는 다른 사람이랑은 달라요
가끔 손을 대는 것만
그것 하나만 빼면 정말

좋아요

저는 참 운이 좋아요

Instant Poem[*]

우리는 언제나 다른 꿈을 꾼다

네 대답은 언제나 내 대답보다
늦다

밤과 낮 사이를 짓물러놓은 석양

아랫집의 가수는 검은 건반을 삼키고

어렴풋이 들리는 대로 손가락으로 톺아보는
일인칭의 발화

사랑한다는 말에 너무 많은 기대를 했어

용기 있는 다른 한 사람의 결 다른 고백에
다른 한 사람은 그제야 무너진 오늘을 생각한다

밤과 너는 오지 않고
너라는 너는 오지 않고
'영원히'라는 단어를 붙이고 나타나 너는

영원토록 영원히 오지 않고

각자의 낯이 다 까발려진 우리는

마지막으로 비밀을 만들다 말았다

버렸다

애인이었던 애인의 등과 벽 사이에 갇힌 나는
이방인의 슬픔을 상상했다

시간이 지나야만 얻을 수 있는 아름다움에 대해 생각
했다 감상의 즐거움에 대해 생각했다 미완성이 완성인
작가들의 회고전에 대해 생각했다 우리는 사후에나 다른
사람들 손에서 마음대로 엮일 우리들의 이야기에 대해서
생각했다

우리는 더는 붓질을 하지 못하게 된
마티스의 마음으로

몸의 굴곡을 따라
아주 높은 곡률부터 가위로 잘라 내며 말한다

그날 밤 그가 내 몸을 뚝뚝 자르다 물었다

소호야 너 떨어지는 별 본 적 있니?
누가 그러던데 별의 대부분은 하늘에 닿는 그 순간부터 다 타서 사라지고 만대 어젯밤까지는 우리가 바라보던 그 별이 지금은 우리 집 방의 먼지가 되었을지도 모르지 그러니까 가끔 이렇게 설설 기며 바닥을 바라보는 것도 나쁘지 않아

이건 흔적이야

죽은 사람은 별이 되고 별은 먼지가 되는 우주의 슬픈 법칙 속에서 태어난 우리는

이 방의 깊이가 너무나도 깊어 벗어날 수 없고

유행 지난 옷처럼 어째서인지 나는

네 손에 잡히지 않고
문밖으로 단 한 걸음도 나올 수 없었다

우리가 마주 포갠 일은 아득하고
팔이 저릴 때쯤 밝아오던 아침을 맞이해본 기억은 깜
깜하고 그러니까

침대에서 서로 같은 방향을 보는 것만큼
비극적인 일이 또 있을까?

말을 붙이면 붙일수록 자꾸만 젖어든다

그것을 누군가는 생각이라고 했고
누군가는 일방적인 대화라고 말했다

입만 남은 나는
제자리를 찾지 못해 질척이는 물감

나는 거대한 캔버스 위에 웅크려
파랑도 되었다가 검정도 된다

그런 너는 나를 향해 거세게 손을 든다 축축한 붓을 들어 올린다 온몸에, 손을 댄다, 겨울 사이에 피어난 깡마른 꽃다발을 그리다, 멈춘다 아무런 의미가 없다던 하루를 툭 떼어다 그리다, 멈춘다

나는 네가 그린 그림 위에 그린
페인팅나이프에 찔린 어둠이 뒤섞인 호수

마음이 떠난 남자의 눈을 이토록 오래 바라본 적이 있었던가?

텅 빈 윤오의 눈동자에 대고 말한다

이제야 말인데 윤오야
나는 네 그림자에 겹쳐 늘 밤이었어
아득해서 영영 벗어날 수 없을 것 같았어
그래서 지금이 아니면 안 된다고 생각했어
우린 너무 오래 우리였어
사랑의 무게를 너는 알아?

알 리가 없지
진짜 사랑을 우리는 나누어본 적이 없는데

내가 그렇게 말하는 사이 너는
네가 믿는 사랑에 관한 낡은 이미지들을 펼쳤다

커피와 몇 개의 문자메시지 지우개 서른 개의 초 작약
냄새가 난다던 방향제 이국의 동전으로 만든 목걸이 그
리고
질질
뒤축을 구긴 신발

네가 나라고 쓰고 틀린, 수북이 쌓인 단어들

'아득하다'고 말하고
'아득하다'는 말의 '아득함'에 대해 생각해본다
'그립다'고 '그리웠다'고 말하고 그 말끝에 드리우는
것들에 대해 생각한다

그러므로 나는 네가 나라고 쓴 글을 다시 고쳐 읽는다

사람은 고쳐 쓰는 게 아니라고 누가 그랬지만

예술은 달라
그럴듯한 해석이 필요할 뿐이지

그렇게 우리의 참사는 손쉽게 작품이 되었다

작품이 되면 모든 것은 아름다워지는 법이라고
누가 그랬지
사람들은 훑어보거나 읽지도 않고
한마디씩 던지고 갔지
진실은 중요하지 않았어
그냥 그렇게 보고 아는 것에 대해 하나씩 떠들다가 갈 뿐

사람들은 우리를 물끄러미 바라보다

우리는 저렇게 되지 말자

맹세를 하겠지

뒤로 동전 몇 개를 집어 던지며 소원을 빌겠지
마치 예전에 우리가 다른 작품들 앞에서 그랬던 것처럼
그게 사소하게 시작된 역사와
거친 폭력의 부산물이었다는 것은
하나도 알지 못한 채 말이야

참사는 또 누군가의 참사가 되고,
그 참사는 또 누군가의 참사가 되어
아름답다고 말하겠지

작품이니까

그렇게 그림자는 어둠 속에서
순순히 잊혀지겠지

마치 너와 나와 시를 겹치면
까만 점이 되어 아무것도 알아볼 수 없는 것처럼

까만 점이 점을 쪼개고 점이 다시 점을 쪼개고

......

우리가 길어지면 그땐 무엇이 될까?

아름다운 문장의 마침표마다 쿵쿵쿵
대못을 박고

어루만지는 일을 추억이라고 명명하지 않았다면

구경거리는 면하지 않았을까?

나는 여전히 너를 축으로 도는데 중력이 없고

너는 나를 축으로 점점 멀어지는 행성

우리에서 멀어지고 있는 사람이 정말 너라고 생각해?

죄인은

시점은 누가 만들어놓은 걸까

모든 것을 과거로 만들거나
편협하게 한 점을 볼 수밖에 없는 그것 말야

우리는 각자 같은 것을 보고
다른 것을 그렸고
떠올렸다

너는 영원히 만나지 못할
두 줄의 수평선을 그리고

아무리 길게 그려도 좁아지지 않는 세계에 버려진

나는 여전히 당신에게 맞지 않는 비율의 정물

만약 내가
여기 네가 그려놓은
언 강 위 어딘가에 변수를 둘 수 있다면

악수라도 좋아 잡히는 대로 마구잡이로 집어 던지는
나는, 일렁일렁 아무것도 바꾸지 못한다는 것을 알면서

도 나는, 풍경이 새하얗게 질릴 때까지 계속, 계속 끊임
없이 돌을 하나, 돌을 둘, 이미 다 닳고 닳아 한때 돌이었
다던 그 돌을 집어

던진다

그러니까 내가 너를 좋아한다는 것은

* 이 시에 등장하는 문장, 연과 행과 단어는 '불펌'을 위해 태어난, 기
  시감이 드는, 그럴듯하고 쓸모없는 오브제들입니다. 아무렇게나 원
  하는 대로 잘라도 되고, 퍼 가서 온라인이나 오프라인 인테리어에
  유용하게 써보세요. 당신의 생각에 감성을 조금 더할 수 있습니다.

뉴욕의 명복을 빌며*

소호에게 전화가 온다 그녀는 카페인 중독자다 윤오
와 함께 의자에 앉았다 마셨다 윤오는 의자에 앉으며 미
소를 지었다 윤오는 보이지 않는 너다 커다란 머리가 있
고 검은 눈이 있고 검은 머리만 있을 뿐 섬은 너무 비좁
아서 우리를 자주 마주치게 한다 우리는 한 쌍의 베이글
을 나누어 먹을 줄 알았다 쿼터에 빨랫감 한 짐을 가지고
서로를 깨끗이 용서할 줄 알았다 그러나 지금은 빨리 걸
을 줄만 안다 어떤 말씀에 밑줄을 긋는지 짐작할 뿐 무엇
을 위해 일요일에 교회에 가는지 알지 못한다 소호는 윤
오를 가끔 신처럼 아! 신보다 높이 올려다보았다 소호는
감은 눈동자 사이로도 윤오를 선명하게 볼 줄 알았다 성
경을 읽으며 몰래 꽉 채운 아이스 컵 안에 담긴 윤오를
오독오독 이 사이에 가두어 깨물어 마셨다 소호는 웃지
않았다 윤오도 웃지 않았다 목사님이 전하는 하나님의
사랑은 우리에겐 너무 버거웠다 소호는 소호의 거리, 예
술가들에게 버려진 거리를 말하고 창밖을 내다보며 쓴다
그녀는 첫 줄에 이런 말을 썼다 "쓰다" 윤오의 손길은 거
짓말을 참 잘했다 부드러운 잎을 가졌다 깜빡 꿈을 꿀 뻔
했다 슬픈 이민자의 이야기만 할 줄 아는 윤오는 그녀에

게 남은 유일한 코리안이다 왜 똑같은 말을 두 번이나 하게 해? 이제 한국말도 다 까먹어버린거야? 센트럴파크에서 관광객을 공격하는 청설모를 보고 윤오는 말했다 그녀는 아무 말도 하지 못하고 다 뜯겼다 뜯어진 호주머니에서는 아까 버스킹 가수에게 건네지 못한 동전이 떨어졌다 그 소리에 윤오는 며칠 전 이곳은 어떤 행인이 묻지마 폭행을 당한 곳이라고. 그녀에게 조심스럽게 말했다 조심해 소호야 특히 그 입을. 말 뒤에 침묵을 점령당한 그녀는. 윤오와 암스테르담 애비뉴에 있는 전통 있는 다이닝에서 핏물이 뚝뚝 떨어지는 살을 썰고 포크와 나이프를 그녀를 향해 두었다 반짝이는 것은 결코 반지만이 아니다 그녀는 빛으로부터 달아난다 달아나며 무한한 귀가를 상상한다 집은 고투의 훈장이다 보이지 않아도 그늘의 전조를 늘 지니고 있었다 윤오는 서툰 한국어로 얘기했다 비좁은 집에 그녀를 내버려두고 내 말이 맞지? 맞지? 그녀는 잠시 고개를 끄덕였다 그는 늘 옳았으니까 옳았다고 안간힘을 다해 정중하게 썼다 쓰다고

* 릭 프롤, 「뉴욕의 명복을 빈다」(1988) 제목 변주.

브루클린브리지 위를 지나는 브롱크스*

　해가 진다 서로의 눈동자만 알아볼 수 있는 어둠이 있
는 밤 집과 집 사이에 턱이 있다 이스트 빌리지의 고양이
는 작은 구멍만으로도 여름 속으로 들어간다 어느 골목
창틀에 앉아 담배를 피우며 사뿐히 걸어 들어간다 나는
이름 없이 저기 구석에 앉아 있는 섬 나는 너의 이름도
묻지 않는다 눈이 마주치던 순간은 시시하고 마리화나를
피우며 올해는 꼭 죽겠다던 히피처럼 아무도 믿지 못했
다 뉴욕에서는 쉽게 친구를 사귈 수 있다 어딘가 정박하
지 않는다면, 다리 하나만 건너면 친구가 된다 다리를 건
너 새로 사귄 친구와는 쉽게 액자 속으로 들어간다 금요
일 4시 이후로는 공짜니까 긴 줄을 서서 너의 작품이 된
다는 것은 마치 엉킨 실타래의 옛이야기처럼 낡다 운명
을 거는 바보 같은 질문은 뒤집어진 카드처럼 늘 비켜 간
다 참지 못하고 밤을 먼저 깨 먹는 사람이 촌스러운 사람
이 된다 그래서 나는 이제부터 너의 뭐야? 나는 촌스럽
고 세련된 너는 가볍고 나는 무겁다 네가 한국에서 문예
창작을 전공했다고 했지? 그럼 네가 정의해봐 너 그런
거 잘하잖아 글쎄 우리? 3초 이상 시선을 두지 않는 그림
은 궁금하지 않으니까 넌 어때? 꼭 선명해야 할 필요가

있을까 어제는 어제대로 완성인데. 슬프다 네가 연필 대신 오일 파스텔을 드는 날에는 우리 모두가 뭉툭해진다 형체도 없이 아름다워진다 이상하다 어제 본 스쳐본 그림처럼. 아득히. 아름답다

* 이 시의 제목은 CJ올리브네트웍스가 개발한 'AI Poem Generator'에 주제어 '브루클린브리지'를 입력해서 나온 이상한 결과물을 그대로 사용하였다. 실제로 '브루클린브리지'는 맨해튼 최남단에서 브루클린 지역으로 넘어가는 다리를 지칭하는 것이므로, 맨해튼의 북쪽에 위치한 뉴욕주 브롱크스는 절대로 지날 수 없다. 불가능하다. 그러나 AI의 세계에서는 가능하다. 불가능은 거짓말처럼 가능하다. 이미 죽은 사람도, 우리가 알지 못하는 평행 세계에서는 살아 있다고 굳건히 믿고 있는 것처럼. AI가 멋진 시를 쓸 것이라는 가능한 거짓말처럼.

휴가지

그녀는 중얼댄다 그녀는 웃는다 그녀는 눕는다 그만 사라진다 그녀는 어떤 방에 있었다 그녀는 사직서를 냈다 직업이 없는 그녀는 브로드웨이를 걸었다 72번가를 지나갔다 노점엔 아메리카노 프레츨 크루아상이 판매되고 있었다 그녀는 근처 가게에서 떨이로 나온 파운드케이크를 산다 그녀는 산다 그녀는 웃으면서 운다 그녀에겐 카프라처럼 작은 담배가 있다 그녀는 담배를 피운다 그녀는 그가 올 때까지 모서리처럼 있었다 마침내 그는 그녀가 있는 방으로 돌아왔다 우리는 또다시 맥주 두 병과 럼 한 병을 마시고 나서 아무것도 먹지 않았다 저녁을 안 먹은 건 잘한 일이다 맞을 때 아무것도 게워내지 않을 수 있다 복날의 무더위에는 모두 개가 되고 마음이 개다 이 글 속에 이 마음속에 개가 되지 못하고 재가 된 짧은, 이 마음들을 주워야지 그래야 이 껍데기 속에 그녀가 앉을 수 있다 휴가지에서는 모두가 주인공이다 모두에게 꽃목걸이를 걸어준다 그녀는 오늘도 꽃을 목에 걸었다 프리지아 흐드러지는 향기 속 두 주먹 불끈 격렬한 환영이 보였다 웰컴 투 아메리카 아메리칸드림 이곳은 지상엔 없는 휴가지. 이번엔 누가 돌아올까 오늘은 누가 살아

돌아올까 오늘, 한 병으로 다시는 견디지 못할 휴가가 이
제 계속된다 휴가는 지겹다 정말 지겹다 휴가라는 건 날
밤을 새는 손가락을 까먹을 정도로 지겹다 이 여름은 개
처럼 지겹다

이웃하지 않은 이웃*

소호, 소호,라고 발음해보세요 지시대명사와 헷갈릴
수 있으므로 나를 부를 때는 큰 소리를 내야 합니다 맨해
튼에서는 매일 노숙자들이 시를 씁니다 카페 밖에는 다
양한 사람들이 있어요 시 쓸 생각을 하지 않는 사람들 시
쓸 생각을 하며 지나가는 사람들 그 사람을 보고 어떤 사
람이 웃어요 나는 오늘 레드 라인 지하철을 타고 유니온
스퀘어로 갈 거예요 지하철의 계단을 오르내리는 광경을
보면서 이 시를 쓸 거예요 지도의 네모 칸에서 동그라미
를 그어대며 나는 사람들을 따라가요 "슬픔은 밤낮을 구
분하지 않는다"라고 똑바로 한글로 첫 문장을 썼지만 오
늘 이곳에서는 예술가가 아닙니다 오늘 이 예술가에게는
나라가 없습니다 아이 캔트 스피크 잉글리시 베리 웰 말
고는 시도 없고 독자도 없지요 얼마 전에는 시집 서점에
서 성이 Lee라는 이유만으로 한국에서 중국 책장까지 한
칸씩 밀렸다 나왔어요 스타벅스에서 내 이름 위 익숙하
게 적힌 낙서를 보고도 못 본 척하는 나는, 노숙자보다도
못한 글을 씁니다 그들은 나에게 자주 소리쳤어요 내 시
한 편에 15달러야. 온리 스페셜 프라이스라고. 몰라서 못
산다는 말 좀 그만해. 너 정말 영어 모르는 거 확실해? 달

러도 모르고 미국에 왔다는 게 말이 안 되잖아 나는 알았
어요 달러도 영어도 알았지만 바보처럼 이렇게만 외쳤어
요 아이 돈 노 잉글리시 아이 돈 노 잉글리시

* ⟨이웃하지 않은 이웃: 홀로코스트 '집시' 희생자와 타자의 초상⟩展
  (2019. 1. 24~2. 28, KF갤러리) 제목 차용.

뉴욕 뉴 뮤지엄 B4층에서 〈이소호: 숲, A Thick Forest〉展이 열리고 있다

한 개의 오렌지 혹은 열다섯 잔의 말리부 럼을 마셨지 불투명한 컵이 흔들리고 햇살은 컵을 투과해 방을 가득 채웠지 너는 낮게 으르렁 짖었지 우리는 어둠이 익숙했으니까 껌을 절반씩 나누어 씹었다 네가 준 것은 종이에 불과했지만. 껌 종이는 입속에서 자신을 다 발라내고, 너는 단물만 쏙 빼놓고 껍질만 내게 주었지 너는 그때 복종하는 나를 어떻게 생각했을까 낭만적이라고 생각했을까 너는, 억지로 끼워 맞춘 나를 가지고도 돌보지 않았지 우리는 잔뜩 취한 채 서로의 비늘을 뜯어버렸지 썩은 냉장고 썩은 식기세척기 썩은 나무 도마 썩은 행주 썩어서 부스러지는 나의 두개골 속에서 웅크리고 있는 썩은 캘리포니아의 돌고래 울음소리 너는 문을 연다 썩어가는 내 머리는 단정한 과일 접시. 당신이 아침마다 모닝롤에 잔뜩 발라 먹던 나는, 말 한마디에 나는 너에게 나를 던지고 나는 매일 나의 시체를 갖는다 아무리 흔들어도 이파리만 후드득 떨어질 뿐 나는 오렌지를, 마멀레이드를 먹을 수 없다 너는 생각한다 미제 통조림 햄을 먹으며. 스시롤 사장에서 열쇠공에서 네일숍에서 슈퍼에서 로또를 팔 때까지도 너는 생각한다 나는 누구지? 360일 찌는 태

양 아래 잘 익은 오렌지 같은 얼굴. 나는 잔 속으로 퐁당
들어간다 더 큰 첨벙 더 큰 풍덩 그렇게 더 큰 숲속으로

＊ 데이비드 호크니, 「더 큰 첨벙A Bigger Splash」(1967) 제목 차용.

한낮의 누드 크로키

다음 문장은 기억나지 않는다
나는 예전에 귀를 잃었다
위대하다 못해 돌아버려 결국
요절해버린 예술가처럼
아무것도 듣지 않고
내 말만 하는 내게
귀는 가장 흉내 내기 좋은 흉터였으므로
그러므로
나는 아무것도 듣지 않았다

멜버른에서 온 편지

언니 나야 왜 요즘 내 전화 잘 안 받아? 언니는 왜 언니 시 보낼 때만 연락해? 너 존나 이기적인 년인 거 알지? 시에 팔아먹을 때나 연락하고 말이야. 인권에도 저작권이 있어 씨발 네가 쓸 때마다 나 돈이나 줬냐 내 이름 쓸 때마다 네가 나 꼬박꼬박 만 원씩만 줬어도 내가 이렇게 개무시당하면서 호주에서 일은 안 하지 호주가 어떤 곳인지 알아? 유서가 아주 깊은 곳이야 영국 죄인들 유배 보내던 곳이야 그래서 그런가? 애들이 교양도 없고 인종차별 엄청 심해 인종차별이 차별인 줄도 모르고 하는 진짜 개무식한 새끼들이야 너 같은 새끼들이지 나를 착취하는 그런 놈들. 나는 근데 알면서도 당할 수밖에 없어 너한테 당하는 것처럼. 나는 또 너의 피와 살이 되겠지 그래서 말인데 나 알레르기 약 다 떨어졌어 호주는 진짜 다 나랑 안 맞아 그러니까 한국 약이나 넉넉하게 보내 아 한국 음식도 보내 네가 전에 인스타에 입은 옷 예쁘더라 그 돈 다 나 팔아서 쓴 거지? 그러니까 너에게 양심이 있다면 네가 가진 것 좀 다 보내봐 나 이제 서울 돌아가면 있을 데가 없다며? 그럼 난 네 옆에 누워 있어야 해? 또 네 글 쓸 때 지은 죄도 없이 눈치 살살 보면서 숨도 제대로 못 쉬겠네? 진짜 너무해 왜 나와는 아무도 상의하지 않는 거야 호주에 있어도 가족은 가족이잖아 정말 내가 평생 호주에 살았으면 좋겠구나 니들은. 말도 안 통하는데 호주에 저 인간들이 새로운 가족이라고 생각하는 건 아니겠지? 쟤들이 무슨 가족이야 이제야 하는 말이지만 나는 이제 어디에도 내 집이 없는 거 같아 난 집에 있으면서도 집에 가고 싶다고 말해 왜냐면 여기가 내 집이 아니거든 근데 이젠 서울에도 내 집이 없어 우리 가족끼리도 다 뿔뿔이 흩어져 살잖아 웃기지? 이제 내가 가고 싶은 집은 없어 과거에만 존재할 뿐이야 다른 가족에게, 특히 엄마에겐 아직 말하지 마 다들 잘 지내고 있다고 믿게 해줘 나는 그 믿음을 깨고 싶지 않아 정말이야 난 여기서 살아남아야 하니까

001

간추린 이민 뉴스

헬로 아이엠 리시진. 아임 어 바리스타, 아이 두 라이크 투 겟 어 퍼머넌트 레지던시 비자. 리브 인 코리아 이즈 얼웨이즈 하드 포 미 아이 돈 해브 머니. 아이 돈 해브 어 하우스. 아이 돈 해브…… 애니웨이 아이 해브 어 낫띵. 아이 돈 해브 애니띵. 벗 아이 캔 두 애니띵. 아이 원트 투 겟 어 잡. 심플 이즈 더 베스트. 마이 잉글리시 이즈 낫 굿 이너프. 예스 아이 노우. 벗 이프 유 게이브 미 어 퍼머넌트 레지던시 비자 덴 아이 캔 두 하드 트레인 오브 마이 잉글리쉬 스킬. 트러스트 미. 에스 어 나우 아이 캔 리드 앤 라이팅 온니 인 코리안. 어니스틀리 마이 코리안 이즈 낫 굿 이더. 메이비 워시 디쉬 이즈 머치 베터. 아이 띵크 코리안 이즈 디든트 인터레스티드 인 바리스타. 바리스타 이스 낫 어 굿 잡. 바리스타 이즈 워스트 잡. 비코우즈 인 코리아 띵킹 바리스타즈 이즈 낫 '리얼' 잡. 댓츠 오케이 얼웨이즈 하드 포 미. 아이 돈 해브 어 랏 오브 머니. 인 코리아, 슬립 워크 슬립 워크 슬립 워크. 벗 아이 칸트 어언 머니 엣 올. 아이 칸트 케어 오브 마이 셀프 인 코리아. 마이 페밀리 칸트 케어 오브 미. 비코우즈 데이 아 베리 푸어 이더. 마이 대디 이즈 인터네셔널 에어

포트 택시 드라이버. 마이 맘 이즈 식. 마이 시스터 이즈
어 포엣. 아이 필 베리 론리 인 멜번. 아이엠 론리 앤 베리
푸어. 벗 아이 캔 두 애니띵. 아이 온리 원트 투 두 메이킹
어 커피. 웬 아이 워즈 어 키드 아이 위시 곤 언프로패셔
널 바리스타. 플리즈 기브 미 퍼머넌트 레지던시 비자 플
리즈.

누구를 위하여 종은 울리나

바나나
라임
딸기
자두

우리는 결실을,
계절을 모른다
여름은 갖이 다 벗겨진 채로 돌아다녔고
우리는 벌레가 이미 훑고 간 과일의 씨앗을 나누어
삼켰다

언니 우리 언제 봐?
나 아주 들어가 살까 봐
농장은 너무 끔찍해
있잖아 여기 와서 보니
사실 네 글의 주인공으로 사는 것은
꽤 멋진 일이었어

말을 마치자마자
나는 부엌칼을 들고 와서 달력에

아주아주 긴 선을 그었다
긋고 말했다

시진아
앞으로 우리 서로의 허락 없이는 절대로 전화하지 말
자
오늘은

언니
언니 말대로라면 우린 평생 만날 수 없어
우리에게 같은 오늘은 없잖아?
시계도 하루에 두 번은 사랑을 핑계로 침끼리 쩍쩍
달라붙는데,
그걸 다 끊어버리면 어떡해?

진실은
거짓말이었다

네가 언제 전화하든
그 시간은 가장 바쁜 시간이 될 것이었으므로

그런 줄도 모르고

동생은 우리 사이에 한참 남은 이 더러운 계절을 허겁
지겁 찢어
먹었다

12월 1월 2월

조금만 기다려 언니가 있는 거기로 갈게
그러니까 꼼짝 마 거기
그대로 있어

그렇게 매번 벨은 울리고

나는 받지 않았다

미안 나 많이 바빠 오늘도

중얼거리며

네가 올지도 모르는 모든 날들에 미리 칼을 꽂았다

네가 절대로 이 아득한 바다를
날짜를 건너올 수 없도록

이제 달력의 모든 날은
붉다

우리는 흔적만 남은 검은 날들에
나란히 앉았다

어디까지 자랐을지 모르는
전화선을 풀어 팽팽하게 서로의 배를
겨누며

3월 4월 5월

여보세요?
여보세요?

그래, 시진아 언니야
혹시 어디까지 왔어?
거긴 겨울이지?
여긴 벌써 한여름이야
더워 죽겠어

　　　　　　　아냐 언니, 조금만 기다려
　　　이제 여기도 여름이 곧 들이닥칠 거야
　　　　　　　　　　문 앞에 와 있어
　　　　　　　　　　조금만 기다려

고장 난 시계도 언젠가 한 번은 맞는다고
동시에 맞춘 시계도 점점 어긋난다고
그랬다 누가

그러므로 우리는 각자 믿고 싶은 말을
골라 믿었다

너는 맞고

나는 어긋나는

바로 그 세계를

"누가 죽었나 봐요?"

지나가던 관광객은 우리를 훑다 물었고
불쌍한 우리 자매를 향해 동전을 던졌다

한 소쿠리의
바나나
라임
딸기
자두
와 함께

내가 전화기를 붙들고
네 이야기를 일방적으로 듣는 그

순간

네가 순진한 얼굴로 몰래 벨을 울리는

그 순간

나는 너에게 아주 쉽게 목숨을 잃었다,
생겼다

어디 있어?

아까 동전을 집어 던진 그 새끼부터 잡아 죽여야 했는데
그만 살겠다고 했는데
왜 자꾸 살려내는데?

언니
원래 산다는 건 죽으면서 배우는 거야

한 사람은 목숨을 잃어 털리고
한 사람은 손등을 맞아 더없이 붉어터지는

우리는 달력의 정점에 서 있다

아무리 눈을 찌푸려도
깜깜한 날은 도저히 찾아볼 수 없고

시차와 계절을 넘어선 네가
나를 부르는

그 짤막한

순간

여보세요?

언니 나야
생각해봤는데
나 아주 한국 들어가 살까 봐

거기서부터 다시
매일

시작되는 끔찍한

이 게임의

승자는

* 할리갈리는 과일 그림이 그려진 카드를 상대방이 먼저 볼 수 있도
록 뒤집어 펼쳐진 카드의 각 과일 개수가 다섯 개가 되면 누구나 종
을 칠 수 있다. 더 이상 펼칠 카드가 없어질 때 끝나는 게임이지만,
이 게임이 익숙했던 동생만 계속해서 벨을 칠 수 있었고, 나중에는
다정히 목숨까지 꾸어 주었다. 그러나 나는 끊임없이 죽어도 죽지
못하고 살아나는 이 게임을 해야 한다는 사실이 너무 끔찍했다. 나
는 죽었으니, 더는 살고 싶지 않았다. 그러나 동생은 계속 같이 살아
야만 한다고 나를, 우리를, 일으켰다. 벨을 울리며, 벨을 끊임없이 울
리며.

컴백홈

동생이 피었다
진 자리에 가만히 눕는다

등 떠밀려 물어본 안부는 늘
같다

호주는 너무 지긋지긋해
언니 여기 올래?

돈 없어

일이나 열심히 해
세상이 좋아지면 우리가 갈게

그날은

동생이 플리즈라는 단어를 문장 뒤에 붙이지 않아서
혼난 날이었다

시진아, 그래도 영어로만 말하니까 살 만하지?

고작 플리즈로 욕을 먹은 게 다잖아?

수화기 너머의 동생은
플리즈 플리즈를 모든 단어와 음절마다 붙이면서

산다

그렇게까지 부탁해야 하는 거야?

언니

나는 내 잘못을 모르겠어

우리가 아주 어릴 적에 제일 처음 배운 단어는
쏘리와 땡큐였다

땡큐 없이 쏘리만 남은 날

외국인이 영어를 모른다고
쏘리를 입에 달고 살았던

뉴욕을 생각해본다

나는 뭐가 그렇게 다 미안했던 걸까

길가에서 어깨를 치며 빨리 걷지 않으면
가만두지 않겠다던 사람들을 생각한다

최대한 빨리 걷고 있었는데

그들은
뛰듯이 걷는다
저렇게 바쁘게 살지 않으면 살아갈 수 없구나
뉴욕은

나는 스트리트와 애비뉴의 사이사이를 걷는다 아주
나이 든 건물과 아주 젊은 가게마다 하나하나 묻지 않으
면 한 걸음도 나아갈 수 없었던 그 시간을
　생각한다

그때

한때 친구였던 친구는 전화를 걸어
한국어로 미안하다는 말을 남기고

죽었다

나는 너를 용서할 일이 없는데

어째서 내게 마지막으로 사과했던 걸까

미안했다 미안하다 죄송하다 사죄한다 잘못했다 용서
해주세요
이 말을 다 알면서도
나는

쏘리

그리고 플리즈
포기브
미

납작 엎드려 사는 법밖에 몰랐다

시차를 둔 우리는

서로의 낯익은 침대에
피다 진 자리를 손가락으로 살포시 걸어본다

서로의 하루를 훔치며

이국의 불행에 대해 짐작한다

사실

우리는 이방인의 슬픔을 이미 알고 있다

이렇게 길게 말하지 않아도

제8요일

우리는 길을 따라 집으로 왔지 신발 밑으로 납작하게 돋은 질경이를 짓이기며 움직임만으로 죄가 늘어나는 우리는 공기마저도 죽이는 우리는, 세상에서 가장 쓸모없는 것들이야 언니 움직일수록 더 늘어난 이 죄를 다 어떻게 감당하지? 그럼 우리 최소한의 숨만 쉴까?

자매는 숨만 쉬며
산다 숨을 쪼개
한숨을 몰아
쉬며 산다 배가 고프면 우리는
멀뚱히
천장에 울고 난 벽지 위에 그림을
그린다

파리들이 앉았다 간 자리엔 갈색 점들이
촘촘하게 붙어
있다

이상하지? 최초의 신께서 창조하신 하늘은 이토록 더

럽지 않았을 텐데 말이야

  우리는 누워서 없는 꿈을 꾸어 꾼다 최초의 인간과 그
의 자녀들처럼 점을 잇다가 선분을 만들고 거기 내가 좋
아하는 것들을 전부 욱여 넣은 이야기의 이야기를 만들
던 것처럼. 그들도 그랬을까? 나중에는 다 잊고 우리처
럼 북극성과 북두칠성만 찾겠지? 그게 가장 눈에 띄니까
그리고 나머지는 다 아는 척 떠들겠지 아는 건 이름밖에
없으면서 말이야 그리고 그 이야기를 자장가로 들으며
잠드는 사람들에게도, 그 이름이 있는 사람들이 밤에 새
근새근 키우던 양에게도, 그 양을 치는 개에게도 이름이
있었겠지 아마도 겨울에는 양의 털을 깎고 여름에는 그
양을 잡아먹으며, 아주 잠깐 명복을 빌며 죄책감을 덜겠
지 우리처럼. 개는 10년은 훌쩍 넘게 산다고 누가 그랬지
만 이상해 시골의 개들은 일을 해서 그런지 빨리 죽지 이
름은 계속 누렁이인데, 개만 3년에 한 번씩 바뀌었어 누
렁이들은 울창한 잡초에 보이지도 않을 흙무더기에 파묻
혔지 흙은 작물 이름으로 이름을 지으니까 누렁이는 시
간이 지나면 코스모스에서 페퍼민트로 다시 고추에서 도

라지로 바뀌겠지 바뀌어도 아무도 아무도 그것을 다시
누렁이라고 부르지 않겠지

　새로운 누렁이는 지금 저기 묶여 있으니까

　　　　　　　　　　부르는 것일까
　　　　　　　　　　불리는 것일까

　　　　　　　　　　　그 이름은

　　　　　　　　　　　　처음

　　　　　　　　　　어디서 왔을까

　언니 나 이제 비로소 신의 마음을 알 것 같아 우리가
아무리 두 손을 꽉 쥐고 기도한다 해도, 쉽게 마음을 주
지 않는 것과 같은 거야 신께서도, 사랑하기 전에 사랑받
을 자격이 있는지 보고 계신 거야 우리를. 신도 자주 배
신당하니까 맹목적인 원망을 듣기 전에 우리의 원망을

들을 가치가 있는지 알고 싶으셨던 거야 그리고 우린 그
것에 실패했어 우리는 역시 죽음도, 구원도, 산 사람의
이름으로 무엇에게도 명명할 자격이 없는 것 같아 너무
몰랐다는 이유로 우리는

　너무 많이 잘못했어

　용서를 빌 곳도 없으니 이젠 어떡하지?

　우리는 서로의 가마에 흰머리를 심는다

　늦어서 미안해

　괜찮아

　지금이라도 비워두지만 말자

　올봄을, 여름을 놀리지 말자

거기 파묻힐

우리는

그 땅을 영영 수확하지 않기로 했다

솎아 내지 않은 땅에 죽은 뿌리가 내렸다

어쩌면 우리에게 더 멋진 일이 있을지도 몰라*

꿈을 꾼다
현관 앞의 맨 앞방. 오대양 같은 마음. 설거지 재능꾼
에 타고난 살림 밑천인 나는, 네가 되는 꿈을 꾼다

신 앞에 단둘만 남아버린 우리는
가슴을 주먹으로 쿵쿵 치며 방언을
읊조린다

사랑한다
                                        사랑한다
사랑했다
                                        사랑했다
사랑했었다
                                        사랑했었다

사랑하는 척 했었다
                                사랑하는 척 했었다

누군가는 나를 착하다고 불렀다

좋은 언니가 되려고 그러니까
좋은 언니는 적당히 얘기를 듣는
척하는

언니다

넌 말만 잘 들어
내가 언니니까
아무런 의견도 내지 마

회유를 위한 휴전이야?
아니면 휴전을 위한 회유야?

둘 다

라고 답하고 나는 연필을 들어 가정용 자살 지침서를
적었다 연필의 어둠은 깊으면 깊어질수록 쉽게 뭉툭해졌
다 나는, 더, 자주자주 연필을 깎으며 아주 선명한 어둠
으로 우리를 쓴다 가족이라는 이름으로 네 죄가 내 죄가
되는 그런 삶은 더는 싫어 그러니까 따라 해봐 내가 없으

면 이건 전부 네가 할 일이야 설거지, 빨래, 분리수거, 청
소기 돌리기, 걸레질, 하루 세 번, 환기를, 몇 번이고, 반
복해서, 해야 해, 따라 해봐, 따라 해봐

　　어서!

　　　　　당연한 장면이나 감정은
　　　　　문학적 가치가 없다는
　　　　　위대한 선생님들의 조언에 따라서
　　　　　이 부분은 모두 삭제되었다

　　　　　　　　언니 나 궁금한 게 있어
　　　　　　언니는 왜 이 이야기로부터 도망가지 않아?

왜냐면 나쁜 사람이 되고 싶지 않거든

어째서 이 얘기는 써도 써도 닳지 않을까?

　　　　　　　　　　　　　　지겨워

쌍둥이로 태어났다면
조금 더 새로운 이야기가 될 수 있었을 텐데

그럼 나이를 맞추자 내가 적게 먹고 네가 많이
먹으면 돼 1년에 한 번 새알을 똑같이 나누어 먹자

똑같은 옷 똑같은 날 똑같은 시간 똑같은 장소에서 똑
같은 사람을 만나고 똑같이 반성하고 똑같은 곳에서 눈
물을 흘리는 우리는 그럼에도 불구하고 하나가 될 수 없
었다

봤지?
한 살 한 살의 무게가 얼마나 큰지
넌 죽었다가 다시 깨어나도 몰라

언니
스스로의 죽음을 꿈꾸는 동물은
어차피 인간뿐이래
걱정 마 방법은 아주 많아
잊었어?

　　　　　우리 집에 널리고 널린 게 끈이랑 문고리인 거

　그러게
　우리는 이 집에 유일하게 살아남은 '동족'이지
　더는 비밀도 아닌 비밀로 이 집은 이미
　넘칠 대로 넘쳤어 내가
　나 말고는 그 누구에게도 통증을 느끼지 못한다는 것
말이야
　너 따위는

　　　　　있어도 없어도 그만이라는 사실 그거

　나는 이불 속으로 웅크리고 들어가 새알을 더 낳는다
하나 하나 둘 둘둘 셋 다리를 휘저으며 조금 더 조금 더
냄비 속으로 풍덩풍덩 빠져든다 국자에 걸린 동생을 새
로이 건지며 팥알에 새알을 갈아 끼운다

　자 새알은 똑같이 넣고 입에 하나씩 굴리는 거야
　절대로 밥알이랑 헷갈려서는 안 돼

서른셋 서른넷 너는 숫자도 셀 줄 몰라?

다시 시작해보자 천천히
서른넷 서른다섯……

우리는 새알 하나 제대로 뜨지도 못하고
밥상머리에서 일어섰다
등을 맞대고 누워
말했다

있잖아 옛날에 우리 집 강아지 두 마리 생각나? 걔들
도 형제였는데 동시에 태어났는데 각자 다른 데 가서 쥐
약을 먹고 죽었잖아 쥐도 새도 모르게, 검은 쓰레기봉투
로 얼굴을 감싼 채, 아무 데나 묻혔잖아 장마에 나무 십
자가도 휩쓸려 사라져버리고, 우리는 그 개들이 어디에
묻혔는지도 모르고 점점 그 개죽음에 익숙해졌잖아

두려워 말자 죽는다는 건 그런 거야

결국에 우리는 다시, 다시

빠끔히 열린 두 눈을 맞추다
잔뜩 겁에 질린 채로
서로의 눈을 억지로 감겨준다

언니
내가 언니가 외로울까 봐 태어났다는 것을
절대로
잊어선 안 돼

그래 나도 널 지키려고 태어났다는 것을
절대로
잊지 않아

살다 보니 알고 보니 우리는
서로 잘 모르는 사이였다
그냥 한배에서 우연히 태어났을 뿐

언니 그런데 말야 왜 낮에 눈을 감으면
모든 풍경이 다 빨갛게 보이는 걸까?
빨간 풍경 위로 날벌레가 날아다니는 것 같아

두려워 사실 벌레가 눈동자 안을 기어 다니는 거고
그게 눈을 감았을 때만 몸을 드러내는 것 같아
무서워 죽겠어

걱정하지 마 만물은 뭐든 죽기 전에는 다 빨개져
사과도 사람도 그렇잖아 봐봐 저 하늘도 오늘이
죽기 직전에 저렇게 빨갛게 물들잖아 괜찮아 다
지나갔어 나쁜 일들은 이제 진짜로 전부 다

끝났어

♣

우리는 지난여름을 떠올렸다

나는 편지 봉투에 우리의 미래와 부푼 희망을 적었다
봉투가 너무 작아 들어가지 않았다 우체국에서 편지의
무게를 쟀다 말의 무게만큼 더해지는 값. 영원히 도착하
지 않을 수도 있어요 그래도 부칠래요? 직원의 말에 나
는 조용히 혓바닥에 우표를 붙였다 그때 너는 말했다 언

니 언니는 이 종이를 알아? 난 알아 저 나무는 종이가 되기 전의 언니를 기억하거든 종이가 된 후에는 늘 언니를 원망했었어 더러운 그 손으로 빽빽하게 남긴 상흔을. 끊임없이 기억해내면서. 그래서 나무는 슬프지 숨겨온 나이를 억지로, 한참이나 드러낸 채로 시름시름 앓다가 한 꺼풀 한 꺼풀 드러낸

숲

그게 바로 저 종이야

언니가 망친 한 그루의 이야기지

저녁이었다

너는 자연사를
나는 돌연 죽을 일을
기다린다

저 편지처럼 당도할 곳은 없을지도 몰라

아무도 본 사람이 없는 천국을
저 나무라고 봤을까?

그러니까 다음 생에는 우리 맛있는 밥을 먹자 같이 저
번에 갔던 그 카페도 가자 영화는 「프란시스 하」가 좋겠
어 실패한 예술가의 이야기니까 오후 4시쯤이 되면 미술
관 마지막 입장 시간이겠다 그때 들어가서 좋아하는 그
림 딱 하나만 골라서 오래오래 머물러 있다가 오자 문을
닫으면 어둠이 내린 거리를 걷자 걸으면 내일이 오겠지
내일은 분명히 오늘과는 다를 거야

마치

십자가에 못 박힐 것을 예감한 예수님이 빌어도 빌어
도 하나 바뀐 것이 없던 것처럼 우리는, 신이 정하신 변
하지 않을 미래를 바라본다 하나님 앞에서 인간은 이미
죄인이니까 성수를 마시고 깨끗해진 줄 알았겠지만 실
은, 어쩌면 이미 저 성수는 여러 죄인의 손을 씻었을지도
몰라

아마도

이맘때였던 것 같다 우리는 예년처럼 돌아오는 예수
님의 장례식에서 달걀을 한가득 받아 왔다 동생이 내 이
마에 대고 달걀을 쳤다 미안해 이보다는 딱딱할 줄 알았
어 왜 그랬을까

나는

마지막으로 침이라도 묻히면 곧 바스러질 듯한 종이
로 만든 성경을 들고 운다 몇 세기에 걸쳐 사람들은 성경
을 읽고 또 읽는다

저렇게 적은 말로 오래 읽히는 작가가 또 누가 있을까?

연필로 세상을 적겠다던
내 손과는 다르게 나는
다르게 읽힌다

여기 텅 빈 공간을 둔다

누군가는 기도로
누군가는 헌금으로 채우는

이 공간은

죄를 사하기 위해 태어났다

    안녕 나는 이 시를 덮고 읽지 않을 거야 불온하니까 좋
아하는 단어를 전부 넣었는데도 왜 이 시가 망했는지 잘
모르겠어 그래 이건 어쩌면 그 편지 한 장 때문에 벌을
받는 것인지도 모르겠어 그러니까

나무와 나무가 닿아 만들어진 이 글은
나무의 살을 깎아 쓰였다

여기 나무 잠들다

쓰고

나는 동생과 마지막 대화를 나눈다

                      (   )

(   ) **

그 말만큼은 남겼어야 했는데

             홀수는 문득 슬프다
             홀수는 자주 슬프다

                         언니 미안하지만 나는

살아야 해
남은 자들의 몫은 이것뿐인걸
아무도 안부를 묻지 않는 시간
그 부재를 견디는 사람이
가장 용기 있는 사람이잖아
어른이 된다는 것은
울지 않고 기도를 할 줄 아는 사람이라는 것
이제 그만 써야겠다는 약속을 지키는
사람이 된다는 것
네 '시'에 무엇으로 영원히 박제되어도
묵묵히 견디는 것
알지?
네 '시'의 그것들은 전부 날 닮은 것 같아

재수 없어

그 말만이 남은

그날

나는 테라스에서 스스로 나의 목을 조르며 중얼거린다

내 손가락은 죄가 없다 내 손가락은 죄가 없다 내 손가락은 죄가 없다 먼저 가버린 네 죄를 적은 죄만 있을 뿐 네 죄를 적은 내 죄만 남아 있을 뿐

마치 예로부터 전해오던
이야기를 전해, 전해, 전해, 전해 들은
이야기처럼

펼쳐보지 않겠다고 말했지만 눈 감으면 걸리는 은, 는, 이, 가 를 자꾸만 고치고 싶어서 원고를 펼쳤다가 접는다 아무래도 나는 나무의 내부가 자꾸 궁금했던 모양이다 나무의 내부는 죽기 전까지는 영영 비밀이니까 죽이지 않고는 알아볼 수 없으니까

그럼 네 말로 켜켜이 쌓아둔 이 책도
죽기 전까지는 비밀이야?

응 비밀이야

거대한 마침표 앞에서 망설일 수밖에 없는

우리는

이 글을 봉인하기 직전
세상의 흔해빠진 연인처럼
표면에 깊고 두꺼운 상흔을 남기기로 한다

잠시

"우리, 여기 이곳에 왔다 감."

나무를 연필로 있는 힘껏 찍어 눌렀는데도
전혀 부끄럽지 않았다

거짓말이었다

명백한 거짓말이었다

끝끝내

간증도, 고해도, 하지 않았던 독실한

무신론자에게는

그게

어울린다

* 이우성, 〈어쩌면 우리에게 더 멋진 일이 있을지도 몰라〉展(2021. 3. 1.~ 3. 31, 두산갤러리) 제목 차용.
** 나는 꾸준히 정신과에 다니고 있다. 약을 먹는다. 약은 아침저녁으로 총 열여덟 알이며 가장 큰 부작용은 단어를 잊게 한다는 것이다. 감각을 무디게 하며, 불안하다는 것을 생각하지 않게는 해주지만, 아이러니하게도 약봉지를 뜯을 때마다 사실 내가 건강하지 않다는 사실을 깨닫게 된다. 극도의 불안을 명확하게 느끼지만 내가 약을 끊을 수 없는 이유는 단 하나다. 잠을 잘 수 있게 한다는 그것뿐. 그것 하나만으로도 나의 생업과 삶에 거대한 위기를 초래할 수 있는 단어 건망증, 대화 건망증은 정말 아찔한 결과를 불러올 때가 많다. 그러니까 이 시를 쓰며 나는 가장 중요한 말을 했을 저 부분을 비워둔다. 별의별 말로 채워보려 했으나 도무지 기억나지 않았으므로 저 부분을 그대로 건너뛰어보려 한다. 부디 작가의 혼란스러운 감정까지 제대로 전달되길 바라며, 꼭 이날의 사건을, 말이 기억나는 대로 다음 수정 원고에 채워두겠다고 이 시를 읽는 독자와 약속한다.

밥솥이 없는 자리

홍성희
(문학평론가)

조용히 좀 해주세요
—「다정한 이웃과 충간-소음 사이에 순장된 목소리」 부분

사이

이 책은 사이에서 시작한다. 문학과지성사에서 2023년
4월 출간되는 이소호의 시집 『홈 스위트 홈』과 미래의
어느 때 발간된 "소호 문학 전집 시리즈" 가운데 "홈 스
위트 홈"이라는 제목이 붙은 일곱번째 권 사이. 책의 표
지에서 시작하여 시인의 말과 헌사를 지나 "홈 스위트
홈/소호 문학 전집 시리즈 07"에 대한 소개는, 독자의
손에 들린 이 한 권의 책이 놓여 있는 맥락을 일순 겹으

로 나눈다. 이제 막 펼쳐 들어가게 될 세계와 이미 "네이버 지식백과"의 한 꼭지로 설명이 되어버린 책 사이에서 『홈 스위트 홈』은 이미 그 모든 것이므로 어느 하나일 수 없는 자리에서 "홈 스위트 홈"의 세계로 들어가기를 권한다.

책장을 넘기는 익숙한 읽기 활동에 표지가 여러 개인 책처럼 문턱을 넘는 기분을 새겨 넣는 이러한 장치는 비단 시인이 마련한 무대 혹은 전시 공간에 들어가고 있음을 알려주기 위한 것만은 아닐 것이다. "'집'에 있어도 '집'을 찾는 사람들을 위해"라고 헌사를 쓸 때 이소호는 '집'과 '집'을 나누고, "For those who are looking for 'home' even if there is 'house'"라고 이어 쓰며 '집'과 '집'과 'home'과 'house'를 나누어 집이라는 말의 맥락을 쪼갠다. 그의 시는 한집에 사는 구성원으로서의 '가족'과 한집에 살지 않지만 전화번호부의 즐겨찾기 목록을 이루는 '가족'을 "높아진 서울 집값 때문에 소프트웨어로서의 가족만 남아 현재 하드웨어를 구축하는 중으로 알려져 있다"(「우리 집인 동시에 집이 아닌 것」)고 표현하기도 하고, 서로 다른 시에 등장하는 '나'들에게 성이나 돌림자를 공유하는 이름을 붙여 가족으로 읽어야 할 필연성 없이 '가족'을 환기하기도 한다.

그렇게 하나의 단어나 그것이 표상한다고 여겨지는 관념을 미세하게 나누어 여러 다른 맥락 속에서 감각하

이소호의 시가 여러 '나'들의 위치에서 서로 다른 종류의 '이사'를 거듭 말하는 이유는 아마 그 불발되는 실현 가능성 속에서도 "먼저 이사 가버린","이 집을 가장 먼저 탈출한 밥솥을"(「손 없는 날」) 생각하기를 끝내 멈출 수 없는 '나'들의 목소리를 스스로 듣기 위해서일 것이다. "저는 남편을 찾으러 여기 나왔어요//지금 가족은 너무 낡았어요"라며 '이사'를 꿈꿔도 "모서리를 향해 발길질하겠다고," 겁을 주는 아빠와 '나'의 이름을 검색하고는 도망쳐버린 남자 사이에서 '나'의 펜은 부러지고(「홈 스위트 홈」), "플리즈 기브 미 퍼머넌트 레지던시 비자 플리즈"(「간추린 이민 뉴스」)와 "난 집에 있으면서도 집에 가고 싶다고 말해 왜냐면 여기가 내 집이 아니거든"(「멜버른에서 온 편지」)이라는 두 언어 사이에서 '이민'은 비자를 받아도 완료되지 않는다. 그런 '이사'의 실패는 바깥을 꿈꿀 수 없는 현실에 대한 비관을 드러내 보여주고, 변함없이 추할 매일을 전시하는 방식으로 그러한 현실을 살아가야 하는 이의 목소리를 들리게 한다.

하지만 이소호의 시가 보여주는 것, 들리게 만드는 것에는 언제나 보이지도 들리지도 않은 채 펜이 꺾이던 시간에 대한 기억이, 여전히 펜이 부러지고 있을 어느 조용한 방 안의 공기가, 부러진 펜으로만 말하며 살아갈 이들의 시간이 깊숙이 새겨져 있다. 그의 시는 아주 구체적인 폭력의 현장들을 '전시'하면서 폭력에 노출되는 이들의 자리를 선명하게 비추지만, "여기서 더 불행해"
지지 않기 위해 방법을 모르는 채 손발이 묶여 있는 일
상의 구체는 차마 말해지지 않는다. 지금 여기의 불행은
"코로나 이후/가정 폭력 지수가 늘었다"는 아나운서의
말과 "푸르게 멍든 생선의 눈알" 사이, 연을 구분하는 한
줄의 공백보다 두 배 깊은 묶음으로, "잠시/지옥이 있었
다"(「손 없는 날」)라는 적당히 드러내고 꼼꼼히 가리는
말로 겨우 보이거나 적힐 따름이다. "집/퍽/픽/꽥"(「미
니멀리스트」)으로 정리되는 매일이 어떤 장면일지 직관
적으로 상상하게 하는 한 글자들의 연속은 "퍽"이, "픽"
이, "꽥"이, 그리하여 "집"이 어떤 몸과 마음과 생의 경험
일지를 직접 듣게 하지는 못한다. 그러므로 목소리는 들
리지만 들리지 않고, 집은 보일 수 없는 방식으로만 언
제나 최소한으로 보인다.

　　명징하게, 직접적으로, 충격적으로 보여주는 '전시'의
방법을 택함으로써 이소호의 시는 외려 선명하게 들리
지 않는 것들이 여전히 빼곡하게 남아 있음을 자꾸만 기
억하는, 기억하게 하는 일에 마음을 쏟고 있는 것은 아
닐까. "끊임없이 죽어도 죽지 못하고 살아나는"(「누구
를 위하여 좋은 울리나」) 게임에서처럼 '이사'에 성공하
지 못하며 살아가는 이들의 매일은 전화를 받으라고(「멜
버른에서 온 편지」), 내 이야기를 들으라고(「피난 난민」),
자신에게 살 권리를 달라고(「간추린 이민 뉴스」), "계속

168

같이 살아야만 한다고"(「누구를 위하여 종은 울리나」) 듣기를 요청하는 언어와 멀리에 있지 않을 것이다. 어쩌면 이소호 시의 언어들은 '이소호'의 언어만이 아니라 힘껏 숨죽인 방 안에서 작은 글씨로 적히고 있을 무수한 "살려주세요"(「밑바닥에서」)들의 번역어이다. 그의 언어들은 가까스로 언어의 장에 도착한 말로서 여전히 들리지 않는 소리들을, 누군가는 의지를 가지고 듣지 않는 소리들을 무수히 품은 채로, 듣지 않으려는 의지가 분명코 이곳에 있다는 사실을 기억하게 하기 위해 씌어지는지도 모른다. 누가 목소리를 만들어내는가, 누가 그것을 듣는가와 함께, 누가 그것을 듣지 않으려 하는가, 여전히 들리지 않는 것은 무엇인가를 마주 보는 자리에서만 "이 집을 가장 먼저 탈출한 밥솥"(「손 없는 날」)의 '이사'는 겨우 상상될 수 있을 것이기 때문이다.

　　여러분 그거 아세요? 저게 우리 아파트에 남은 단 한 마리의 쥐였어요 얼마나 영리한지 몰라요 들키지 않고 얼마나 오래 함께 살았을지 아무도 모른다고요 생각만 해도 소름 끼치지 않아요? 번식이라는 게 그게 별게 아니에요 여러 구멍을 오가면 그게 바로 번식이에요 수컷도 새끼도 아닌 암컷이 잡혀서 얼마나 다행인 줄 몰라요 암컷은 늘 잠재적 가임기잖아요 붙어먹으면 무조건 낳을 거예요 수컷만 만나면 붙어먹는 게 짐승이잖아요 더 많은 쥐를 낳을

거예요 우리는 그걸 막았어요 끅끄그그—끄—ㄱ끅그극긁
이를 갈며 우리의 밤을 해치는 목소리를. 우당탕탕쿵탕 새
끼 쥐들이 뛰어다니는 그 소리를, 그러니까 끄르그를그그
그륵—끄 이 소리를 이제 듣지 않아도 된다는 건가요?
　　—「다정한 이웃과 층간-소음 사이에 순장된 목소리」 부분

　우리 집의 바닥이 아랫집의 천장이고 우리 집의 벽
이 옆집의 벽이기도 한 거주 구조에서 소리는 벽으로 나
뉜 집들이 사실 서로 연결되어 있음을 기억하게 하는 가
장 직접적인 방식이다. 그것은 이웃 간 갈등을 야기하기
도 하지만, 소리에 대한 관심은 누군가를 구하기도 한
다. 이소호의 시에서 '나'들이 집의 바닥에 들러붙어 "옴
짝달싹 못 한 채로" 쥐가 난 다리를 쥐고 "야옹야옹" 소
리를 낼 때 그것은 "ㄱ ㅜ ㅎ ㅐ ㅈ ㅜ ㅓ ㅇ ㅛ ㅈ ㅔ ㅂ
ㅏ ㄹ" 자신의 소리를 들어달라는 작고 간곡한 외침이
다. 하지만 그들의 이웃에게 쪼개어진 음소들은 의미가
되지 않는 소음으로, 들리지만 들리지 않는 소리로 여겨
진다. 쪼개어져 알아들을 수 없기 때문이 아니라, 정황을
추측할 수 있는 소리들을 듣고 싶지 않은 소리로, "좀 피
해만 끼치지 않으면 좋겠"는 소음으로 밀어내버리기 때
문이다. "조용히 좀 해주세요"라는 요청은 '나'들을 집과
집 사이에 기생하는 '쥐'로 만들고, '나'들의 소리를 "끅
끄그그—끄—ㄱ끅그극긁", "우리의 밤을 해치는" '쥐'의

소리로 만들며, 그 '쥐'들이 퇴치되고 조용해지기를 바라는 마음은 손쉽게 모여 공동주택의 안녕을 구축한다. 그곳에서 '나'들의 목소리는 안녕의 질서에 따라, "끅그그ㅡㅠ그가그스그그그구퓨러가ㅡ가가구 끄꿍/거그끆구가그그그구ㅁㄴ아ㅜ르아ㅜ르ㅁ" 스스로를 구할 길 없는 소리로 남겨져 있다.

　이웃이 듣는 "층간-소음"이 사라진다는 것은 '나'들의 소리가 더 이상 들리지 않게 되는 것을 의미할 것이다. 이웃들에게 그것은 반길 일이나, '나'들에게 그것은 "순장"(「다정한 이웃과 층간-소음 사이에 순장된 목소리」)을 당하는 일이다. '소음'을 멈추기 위해 강제로 멈추어져야 하는 목소리들 앞에서 이소호의 시는 누군가의 소리를 짓누르는 방식으로 보존되는 '집'의 안락에 대하여, "홈 스위트 홈"(「홈 스위트 홈」)의 달콤한 외면에 대하여 묻는다. "교양이라고는 찾아볼 수 없는 존재들"(「다정한 이웃과 층간-소음 사이에 순장된 목소리」)의 '소음'을 파묻은 조용함 위에 올라탄 채 교양 있는 집의 질서를, 가족의 안녕을 수호한다고 믿는 시간 동안, '쥐'와 달리 "나는 정말 좋은 사람이야"(「미모사」)라고 믿기 위해 이웃들은 어떤 서사 속에 있기를 선택하고 있을까. "옥상을 테라스로 쓰는 위대한 집에 스스로/갇"(「나 홀로 아파트」)히기 위하여 어떤 이야기들만을 스스로에게 허락하고 있을까. 그 질문들에는 왜 여전히 들리지 않는 목소리들이 남아 있는지, 왜 여전히 목소리를 들리게 하기 위한 서글픈 분투가 계속되어야만 하는지, 왜 아직도 '이사'는 가능해지지 않는지 그 이유와 배경을 묻는 마음이 담겨 있다.

　아무리 소리를 내도 그것을 듣고 헤아려 더 큰 소리를 듣기 위해 문을 두드릴 귀가 없다면, 소리가 언제나 기꺼이 소음으로만 취급된다면, 세상은 그저 "집/픽/픽/꽥"(「미니멀리스트」) 간소화된 고통의 재현을 안전하게 추체험하는 방식으로 "나는 정말 좋은 사람"(「미모사」)이라는 믿음을 이어가기만 할 것이다. 이소호의 이번 시집이 '구경꾼'이기를 자처하는 이웃들이 바라보는 대상의 자리에 스스로 놓여 "우화"가 되는 이유는 바로 그렇게 '목소리'와 '소음' 사이 사람들이 채워 넣는 것이 무엇인지를 보이게 하기 위해서이지 않을까. 이를테면 문학과지성사에서 2023년 4월 출간되는 이소호의 시집 『홈 스위트 홈』은 "소호 문학 전집 시리즈" 가운데 "'홈 스위트 홈'의 우화들"을 담은 일곱번째 권으로 겹을 만들며 스스로 불특정 다수의 언어가 모이는 지식백과 속 "우화"가 된다. "살려주세요"라고 작게 적는 사람들의 생과 삶을 교훈의 이름으로 소비해버리는 이들의 시선을 드러내는 일은 이소호의 시가 보이고 들리게 해온 생과 삶이 어떤 우화 속에서 소비되고 있는지를 바라보는 일과 멀리에 있지 않다. "이경진 이소리 이소호", 이소호는 그래서 부러 "내 이름"(「택시 마니아」)을 벌리고, 사이를 만들어, 사이의 복판에 선다. '홈'과 '홈' 사이에 씌어진 '스위트'에 물음표를 다는 『홈 스위트 홈』의 일은 거기에서 다시, 시작된다.

우화

> 파이팅
>
>   ─「당신의 마음을 다 담기에는 하필 지금
>   이 종이가 너무 좁아서」 부분

목차에 없는, "지식백과를 변용"했다는 "소호 문학 전집 시리즈 07"에 대한 설명에서 저자 "이소호"는 기원후 2014년에 탄생한 것으로 소개된다. 작가의 본명이었던 "이경진"의 생몰 연도는 그에 상응하여 "1988~2014년경"으로 적힌다. 이름을 바꾸어 부르는 일이 한 존재의 죽음과 새로운 존재의 탄생으로 구획화될 때, 새로운 이름은 이전 이름의 기억으로부터 단절되어 있거나 적어도 그러려는 의지를 적극 드러내는 것으로서 불리기를 요청한다. 그러나 이소호의 문학 세계를 정리하는 "지식백과"의 언어는, 동시에 이 "지식백과를 변용"한 텍스트를 쓰는 문학과지성사판 『홈 스위트 홈』의 저자 이소호의 언어는 "소호"를 "1988년"생으로 다시 소개하고,

"경진"을 "소호"가 호출해내는 "종이 위의 자신의 또 다른 자아"라고 정리한다. "이경진"에서 "이소호"로, "이소호"에서 "소호"로, "소호"에서 "경진"으로, "경진"에서 "이경진"으로 연결되거나 연상되는 이름의 흐름 안에서 이소호의 시는 자신에게 주어졌거나 자신이 찾아내었던 이름들에 복잡하게 둘러싸이는 방식으로 소위 일인칭의 이름들 사이에 거리를 벌린다. "부르는 것일까/불리는 것일까"(「제8요일」)를 결정하는 일에 어쩐지 손이 묶여버린 가운데 "나는 입김 가득 찬 유리창 위에 손가락으로 씌어진 이름"(「도로와 비와 서로의 방」), 사람들의 입김이 만드는 종이 위에 일시적으로 씌어졌다 저절로 지워지는 이름에 불과한 것이 되어가면서, 쉽게 지워지고 수정되는 "지식백과"를 채우는 일종의 소문으로 거기에 있다. 그 소문들 속 이소호와 "이소호" 사이에서 시집 『홈 스위트 홈』은 "소호 우화"에 대한 이야기를 시작한다.

나는 나에게 질식하여
발작한다

공황을 일으키는 일에
내 숨소리도 포함될 줄은 몰랐어

살아 있다는 증거이자

죽을지도 모른다는 증거는

숨으로부터 시작된다

——「택시 마니아」 부분

  우화는 흔히 어떻게 살아야 하는지, 어떻게 사는 것이
지혜롭게 혹은 바르게 살아가는 것인지에 대하여 정해
져 있는 답을 전해주는 이야기이다. 이야기의 바깥에 이
미 결정되어 있는 도덕적이거나 보편적인 답안은 그것
에 익숙한 이에게 새삼스러운 교훈을 전달하고, 때로 자
신은 지혜롭게 혹은 바르게 살아가고 있다는 안도감을
준다. 그렇다는 것은 역으로 어떤 이야기를 우화로 볼
때 중요한 것이란 이야기로부터 교훈을, 안도감을 얻는
이야기 바깥의 목적일 따름이며, 이야기 안에서 일어나
는 일이나 캐릭터들이 처하는 상황, 교훈을 위해 캐릭터
들이 동원되는 방식에 마음을 쓰는 일이 아니라는 것을
의미한다. 포도를 바라보며 "실 거야 분명히"(「나 홀로
아파트」)라고 말하는 여우 이야기가 우화로 여겨질 때
사람들이 그 이야기에서 보는 것은 여우의 우스운 자기
합리화이지 배를 조이는 주림이 아니다.
  이소호 시의 '나'들은 어느 순간 그런 우화 속 캐릭터
가 되어 있다. 수많은 책 사이 "네 이름"이 적힌, "오늘
도 몇 권이나 팔았는지" 모르는 "시집" 안에서 "나를 너

무나 많이 닮은 그 여자는 분명하게 나라고,""나는 그
책 한 권에 적힌 그 여자가 나라는 소문을 아주 오랫동
안"(「가름끈이 머물던 자리」) 듣는다. "네가 나라고 쓰고
틀린, 수북이 쌓인 단어들" 앞에서, "손쉽게 작품이 되"
어 있는 "우리의 참사" 앞에서 "나는 네가 그린 그림 위
에 그린/페인팅나이프에 찔린 어둠이 뒤섞인 호수"가
되어 무수한 수식어를 단 채로 "'아득하다'는 말의 '아
득함'에 대해 생각한"(「Instant Poem」)다. 말과 말해지는
것 사이, 말해진 것과 말해지지 않은 것 사이, 잘못 말해
진 것과 말이 될 시간을 빼앗긴 것 사이에서 '나'들은 편
협의 언어를 점유한 사람의 폭력과 "도대체 어디서부터
어디까지가 진짜일까?"(「가름끈이 머물던 자리」) 재미로
웃으며 묻고 그렇게 "훑어보거나 읽지도 않고/한마디씩
던지"며 실은 "진실은 중요하지 않"(「Instant Poem」)은
위치에서 말을 나르는 사람들의 폭력을 아득히 목도한
다. 그 아득함 속에는 무관심이 아니라 무관함이, "아는
건 이름밖에 없"는 채로 "아주 잠깐 명복을 빌며 죄책감
을 덜"(「제8요일」)거나 "우리는 저렇게 되지 말자//맹세
를 하"면서 "뒤로 동전 몇 개를 집어 던지며 소원을" 비
는 철저한 분리가 있다.

  "편협하게 한 점을 볼 수밖에 없는" 시점이 "아무리
길게 그려도 좁아지지 않는" 수평선들을 그려내는 가운
데 "그 여자"에 관한 작품이, "그 여자가 나라는 소문"이

재미있는 이야깃거리이자 반면교사가 될 만한 우화로 전해질 때, 이야기 안팎의 '나'들은 수평선들 사이 닿을 길 없는 무한한 거리 속에서 "버려진"(「Instant Poem」) 기분으로 길을 잃는다. "그 여자가 나라는 소문"은 '나' 를 소문으로 만들고, 책 속의 '나'와 소문 속의 '나'와 그 것을 읽고 듣는 '나'들의 사이에서 '나'는 "가름끈처럼" 어느 하나의 '나'이지 못한 채로 남겨져 있다. "이 손에 서 저 손으로 옮겨 다니"(「가름끈이 머물던 자리」)는 무 수한 말들의 복판에서 "이경진 이소리 이소호"(「택시 마 니아」)라는 복수의 이름으로 불리는 '나'는 "중력이 없 고"(「Instant Poem」), 수평선의 개수만큼 아득히 닿을 길 없는 무수함 속에서 부르면서 불리는 "나는 나에게 질식 하여/발작한다"(「택시 마니아」).

만일 중력을 되찾는다면, 어디서부터 어디까지가 진 짜가 아닌지, 말해지지 않은 진실은 무엇인지 말하는 언 어를 만들어낼 수 있다면 이소호의 '나'들은 마구 불리는 소문 속 이름을 스스로 부르는 자신의 이름으로 다시금 붙잡아낼 수 있을까. 언어를 점유하는 것, 핵심은 거기에 있을까. 이소호의 시가 마주하는 우화의 세계는 그렇게 단순하고 간명하지만은 않다. 그의 시에서 이름은 "우리 는 저렇게 되지 말자"(「Instant Poem」)라는 맹세를 위한 이야기 속에서 호명되기도 하지만, "당하고만은" 있지 않는 모습을 보여주기를 요구하는 우화 속에서도 큰 소리로 불린다. 이를테면 「당신의 마음을 다 담기에는 하필 지금 이 종이가 너무 좁아서」는 "poetsoho"라는 아이디를 쓰는 작가에게 독자가 보낸 SNS 메시지의 모습으로 "소호"라는 이름에게 요구되는 또 다른 우화의 틀을 보여준다.

시 속 발신자인 독자는 작가로서 언어를 점유한 "소호"가 보여온 궤적의 '연장선'상에서 "현세대의 가부장제와 시댁의 처절함을 시로" 보여주기 위해 "결혼을 하는 건 어"떻겠냐고 '메시지'를 보낸다. 그 제안 혹은 요구가 "소호"의 언어를 고발적인, 그러므로 또 다른 의미에서 교훈적인 우화의 언어로 여길 때, "당하고만은"(「당신의 마음을 다 담기에는 하필 지금 이 종이가 너무 좁아서」) 있지 않기 위해 "소호"가 견뎌온 매일의 시간과 마음의 켜는 중요하지 않은 것으로 치부된다. 그때 "소호"는 사람이 아닌 작가, 살아 생을 견디는 사람이 아닌 여하한 이야기 속 캐릭터에 불과한 것으로 취급된다. "이소호"에서 이소호를 제외해버리는 그러한 이야기 구도 안에서 살며 쓰는 사람으로서의 이소호는 "입김 가득 찬 유리창 위에 손가락으로 씌어진 이름"(「도로와 비와 서로의 방」)으로만 여전히 남겨져, 말하는 '나'와 순장당하는 '나' 사이에서 "더 더 더 듬 지 지 않 을 수 이 이 있 다"(「택시 마니아」) 하고 질식하듯 호흡이 가쁘다. 그때에도 사람들은 "파이팅"(「당신의 마음을 다 담기에는 하필 지금 이 종이가 너무 좁아서」), 안전한 거리에서 말한다.

　누군가에 관한 이야기에서 누군가를 지우고 이야기만을 남겨 유용한 만족감을 얻어내는 방식이, 누군가의 목소리에서 누군가를 지우고 소리만을 남겨 소음으로 치부해버리는 방식만큼이나 사람에게서 사람을 지우려는 기꺼운 의지를 보여주는 것이라면, 있는 힘껏 소리를 내는 일은 그 의지들로 가득한 세계의 복판에서 어떻게 방법을, 의미를 찾아갈 수 있을까. 듣지 않고 보지 않으려는 무관함의 감각이 그려내는 무수한 수평선들 사이에서 목소리가 닿을 곳 없이 길을 잃기만 한다면, 계속해서 여기에 사람이 있다고 사람의 소리를 내는 일은 과연 어떻게, 어떤 의미를 보존하며 계속되어갈 수 있는 것일까. '나'의 순서가 찾아와 카드를 뒤집을 때마다 타인이 내는 종소리에 눌려 '나'의 목숨이 순장되는 일이 "끊임없이 죽어도 죽지 못하고 살아나는"(「누구를 위하여 종은 울리나」) 게임처럼 반복되는 가운데, 이소호의 시는 카드를 뒤집는 일보다 앞서 결정되어 있는 게임의 룰을 따르듯 결국 "일렁일렁 아무것도 바꾸지 못한다는 것을 알면서도""계속, 계속 끊임없이 돌을 하나, 돌을 둘,"(「Instant Poem」) 던지는 일에 관해 적는다. 그 계속되는 쓰기의 돌 던지기에서 그는 독자가 윤리적 당위가 아니라 외려 그것이 털어 내어진 가벼운 문장들을 마주하기를, 그 텅 빔을 감각하기를 기대한다.

이 시에 등장하는 문장, 연과 행과 단어는 '불펌'을 위해 태어난, 기시감이 드는, 그럴듯하고 쓸모없는 오브제들입니다. 아무렇게나 원하는 대로 잘라도 되고, 퍼 가서 온라인이나 오프라인 인테리어에 유용하게 써보세요. 당신의 생각에 감성을 조금 더할 수 있습니다.

—「Instant Poem」 부분

이소호는 "더는 살고 싶지 않"(「누구를 위하여 좋은 울리나」)은 마음으로 울리는 종소리를 계속 들으면서 "네가 나라고 쓰고 틀린, 수북이 쌓인 단어들"을 마주하는 시간에 관해 시를 쓰고, 그 시에 "Instant Poem"이라는 제목을 붙인 뒤 위의 인용문을 각주로 단다. 이 시 속에서 비로소 들리게 되는 것은 먼저 발화된 타인의 언어와 덧씌워진 이야기의 틀 앞에서 과거와 현재와 미래를 모두 다시 발화해야 하는 '나'의 무거운 목소리이다. 하지만 시의 제목과 각주는 본문의 언어와 시각적, 구조적으로 분리된, 그렇게 '나'의 목소리와 거리를 갖는 자리에서 '나'를 진술하는 문장들을 다른 사람들의 언어를 곁들여 꾸린[instant poem], "'불펌'을 위해 태어난", "그럴듯하고 쓸모없는", "인테리어에 유용한", 일종의 가벼운 "오브제"로 여기기를 권한다. 이미 만들어져버린 우화에서 벗어나려는 '나'의 언어들은 이 장치들에 의해 다시금 우화의 가벼운 문장들로 전환되며, 나'의' 이야기와 이소호'의' 시 역시도 그저 조각내어 활용할 수 있는 조각들의 조합으로 여기게 한다.

'빙고'는 각자 정해진 주제에 관한 단어나 문장으로 주어진 칸을 채우고 순서를 돌아가며 자신이 적은 것 중 하나를 불러 그 내용과 일치하는 것이 있으면 해당 칸에 체크하여 가로세로, 대각선을 연결해가는 간편한 게임이다. 「빙고는 내 이름」에서 이소호는 자신의 시 속에서 이야기되는 '나'들의 일상을 짧은 문장으로 축약하여 빙고 게임 판을 꾸린다. 모든 칸의 이야기들은 '나'의 삶을 담은 가볍지 않은 문장들이지만, 다른 플레이어보다 빨리 가로세로, 대각선을 연결하여 이겨야 하는 빙고 게임의 법칙 속에서 그 문장들은 귀 기울여 들을 이야기가 아니라 그저 정확히 읽혀야 하는 하나의 문장으로, 호명되는 기능만을 담당하는 하나의 이름으로 네모 칸 안을 차지한다. 한 줄을 완성한다고 그것이 '나'도 아니고, 여러 줄이 교차되는 자리의 칸이 '나'도 아니며, 모든 칸을 채운다고 해도 '나'이지 않을 그저 "오브제" 같은 빙고 판의 언어들 사이에서 이소호는 "우울증은 강인한 정신력으로 극복해야 한다"라는 말로 '나'의 이름을 부르는 이들을, "기가 세다는 말을 가족에게 들어봤다"(「빙고는 내 이름」)는 말에 체크하며 '나'와 닿았다 여길 이들을 빙고 판 위로 모두 불러, '나'의 생의 언어들이 무수한

'너'들과 함께 플레이 되는 손쉬운 게임의 언어가 되도록 한다. 그때 이소호 시의 언어는 "잘되면 부모 덕 안 되면 내 탓" 같은 익숙한 말놀이처럼 가벼워진다.

사람을 지우는 언어 앞에 사람을 되불러 세우려는 자신의 언어에 부러 "인스턴트"나 "오브제"나 "빙고" 같은 말들을 덧대어 괴리를 만들어내는 이소호 시의 방법은 그 덧대어진 말들의 맥락 안에서 '나'의 말들이 가벼워지는 것을 다만 수긍하고 받아들이기 위한 것은 아닐 것이다. 외려 그것은 "작품이 되면 모든 것은 아름다워지는 법"이라는 '너'의 시의, 당신들의 "예술"의 안락하고 고고하고 잔혹한 거리감을 그 자신이 "불펌"하여, 사람을 지우는 "작품"과 지워진 사람을 다시 그려내는 '인스턴트 시' 사이에 거리를 벌리고, 이제는 이편에서 당신들의 "작품"에 대한 수평선을 그려내기 위한 방법을 찾아가는 과정의 한 모습이지 않을까. 사람들은 생각보다 쉽게, 고통에 가득 찬 채 어렵게 소리가 되는 언어들에서 한 사람이 견뎌야 하는 삶의 무게를 덜어 내버리고 자기 삶의 안락함을 유지하기 위한 의도로 그 자리를 대신 채운다. 때로는 예술이라는 이름으로 그렇다. 그것이 이 세계의 이야기들이 우화가 되는 방식이라면, 이소호의 시는 적어도 어떤 이야기들에게 사람들의 안락한 우화의 논리에 묻혀버리지 않을 수 있는 텅 빈 자리를 잠시나마 되돌려주려 하는지도 모른다. 그 텅 빔이 '나'에게만큼

이나 '나'의 다정한 이웃들에게도 무작정 덮어놓은 달콤
함이 아닌 외로움으로 다가설 수 있기를, 연을 구분하는
한 줄의 공백보다 다섯 배, 여섯 배 깊은 묶음에는 '쥐'가
아니라 사람이 있다는 것을 언젠가는 우리 모두 들을 수
있기를 바라는 마음으로 말이다.

여기 텅 빈 공간을 둔다

누군가는 기도로
누군가는 헌금으로 채우는

이 공간은
——「어쩌면 우리에게 더 멋진 일이 있을지도 몰라」 부분

사이에 많은 것이 있다. "문고리와 끈 사이/머리가 있"고 전화선으로 연결된 "방과 회당 사이"에 "알 수 없는 정적"이 있으며 "사랑한다는 말을 기다리는 밤"들의 사이에는 "문고리와 끈 사이"(「광신도」)에 머리를 둔 채로 내내 무릎을 꿇고 있는 이의 매일이 있다. 그런 사이들이 더 갈 곳이 없이 막혀버린 벽과 또 다른 벽이 아니라 벽과 '나'에게서 등 돌린 이의 몸 사이에서 만들어지고 있는 것이라면, 그곳에 갇힌 채로 "이방인의 슬픔을 상상"(「Instant Poem」)하는 '나'의 시간에는 곁에 있는 채로 보지 않고 듣지 않으면서 곁에 있음에서 좋은 사람의 자질을 찾는 이들의 '다정한' 방식이 항상 연루되어 있을 것이다. 서로에게 "피해만 끼치지 않으면 좋겠다"(「다정한 이웃과 층간-소음 사이에 순장된 목소리」)는 생각에서 언제나 피해를 입는 사람의 위치에서만 스스로를 발견하는 다정한 이웃들에게 "이방인의 슬픔"은 모르거나 상상하지 못할 것이 아니라는 것, "사실//우리는 이방인의 슬픔을" "이렇게 길게 말하지 않아도" "이미 알고 있다"(「컴백홈」)는 것, 알기 때문에 언제나 피해를 입는 사람의 위치에서만 자신을 지키려고 한다는 것을, 그 "사려 깊은 거짓말"(「광신도」)을 믿는 사이에 또, 늘, 많은 것이 있을 것이다. 그 빼곡한 사이에 우리는 각자의 이유로 무엇을 대신 채워 넣으며 살아가고 있을까. 그곳에 우리가 적는 글자들은 어떤 크기로 다른 글자들의 위를 거대하게 채운 채 누르고 있을까(「밑바닥에서」). '홈'과 '홈' 사이의 간격을 바라보는 『홈 스위트 홈』의 일은 그런 물음들의 자리에서 "아무리 불러도 되돌이표로 돌아"(뒤표지 시인의 글)가는 성가처럼 아직 닫히지 않아야 할 틈을 계속 만들고 있을 것이다. 그 사이에 책과 함께 나란히 서서 우리는 각자 무엇을 텅 빈 공간으로 마주 보고 있을까. 그곳으로부터 우리는 어떤 목소리를 듣거나 듣지 못하는 중일까.

삽화

(   )
　　—「어쩌면 우리에게 더 멋진 일이 있을지도 몰라」 부분

　이 책에는 일곱 개의 삽화가 있다. 헌사를 품은 둥근 넝쿨 모양 테두리를 제외한다면, 다른 여섯 개의 삽화는 단발머리 여자아이의 모습을 그리고 있다. 이 여자아이는 항상 무언가를 보고 있다. 여러 기호가 적힌 지도를 들여다보거나, 창문마다 팔다리가 뻗어 나와 있는 집을 한 발짝 떨어져서 보거나, 높은 봉우리 꼭대기에 나무로 지어진 새집 위에 앉아 새의 짙은 눈을 마주 본다. 몸을

놓아주지 않는 작은 관 속에서 관 벽을 잡으며 그 벽의 테두리를 흘겨보기도, 머리 위에 얹은 작은 집의 굴뚝에서 연기가 흘러나오는 동안 앞을 향해 걸으며 정면을 바라보기도, 파도 위에 떠다니는 일인용 소파 위에 쭈그리고 앉아 작은 전등에 의지해 지도를, 읽어낼 기호가 보이지 않는 넓은 종이를 들여다보기도 한다. 자신의 눈으로 직접 바라보는 여자아이의 시선이 그렇게 시와 시 사이, 문단이 끝나고 남은 텅 빈 자리를 채울 때, '끼워 넣은 그림'으로서 삽화는 우화가 보여주는 교훈적인 세계를 단적으로 표현해주는 것으로서 시편들이 만들어내는 궤적 안에서 그 의미가 이미 채워진 채로 제시되고 있을 수도 있다. 그것은 많은 우화 책에서 삽화에게 맡겨지는 기능이기도 하다.

하지만 어쩌면 이 그림들은 '끼워 넣어진' 부수적 장치가 아니라 하나의 시편만큼이나 묵직한 언어로서, 빈 공간을 '대신하는' 것 이상으로 독자가, 혹은 저자가 앞으로 직접 채워갈 의미의 빈 공간을 부러 만들고 있는 중인 것은 아닐까. 지도로 구현된 빼곡한 세계와 사람들의 신체가 빈 공간 없이 가득한 집, 지붕이 없어 언제든 나갈 수 있지만 발을 딛는 순간 추락해버리게 될 가파른 봉우리의 모양, 산 채로 죽음을 강요하는 관과 집을 떠나도 집을 짊어지고 걷게 하는 관성, 좌표를 읽을 지표가 없는 망망대해에서 지도를 펼치는 습관 같은 것들은 단발머리 여자아이에게, 우리에게, 당신에게는 소속되고 끼워 맞춰져야 할 지정된 자리가 있다고, 그 자리를 이탈하는 순간 당신은 어디에서고 이방인으로 남겨져 있을 것이라고, 아이의 곁을 떠나지 않는 지도처럼 고집스럽게 말하고 있는지도 모른다. 그런 언어들의 복판에서도 '이방인'으로, '삽화'로 있기를 선택하는 단발머리 여자아이의 시간 동안 우리는 여자아이의 시선을, 자리를, 걸음을 어떤 마음으로 바라보게 될까. 아이가 어서 빨리 집으로 돌아가기를, 집을 잘 찾아가기를, 이사를 꼭 이루어내기를 응원하듯 바라게 될까. 어쩌면 『홈 스위트 홈』의 일은 이사를 꿈꾸면서 이사를 완료하지 않는 일, 이사는 적어도 아직은 완료되어서는 안 된다고 믿는 방식으로만 "이 집을 가장 먼저 탈출한 밥솥"(「손 없는 날」)의 자리를 기대하는 일로서, 우리 각자에게 "홈 스위트 홈"은 어디에 있는 것인지를 묻고 있는지도 모른다. 우리는 각자, 어떤 지도를 스스로 그리고, 믿는 마음으로 들여다보며, 어디에서 '스위트'를 말하고 있는가를 단발머리 여자아이가 있는 자리에서, 밥솥이 없는 자리에서 상상하게 만들면서 말이다. ▨